「え？　どうして……!?」
「この地方に多い髪と目の色だ。
君の姿は目立つ。
それくらいがちょうどいいだろう」

# Characters

## オトシン・クルス

南方辺境伯騎士団医療院へ
やってきた医師
飄々としてつかみどころがないが
突然核心をつくことも
医療知識は抜群で、
かなり先進的な考えを持つ

## ネオン・モルファ

元テ・トーラ公爵家令嬢
看護師として働いた前世を思い出し、
医療院を立ち上げ、
慈善事業として孤児院を支援する
「女神の花祭り」でのバザーを思い立ち……

ラスボラ・ヘテロ・モルファ
南方辺境伯騎士団団長
騎士としては優秀だが言葉が足りず、
周囲への冷たい態度が目立つ
しかし、最近ネオンへの態度が変わり……？
シノ・ドンティス
物資輸送などを預かる
南方辺境伯騎士団第九番隊の隊長
慈善事業に乗り出したネオンを
試しにやってくるが……

「ネオン隊長はこの傷、どう思う？」
「どう、とは？」
「何の目的で、どんな処置してきたの？」

2
猫石
illust. 茲助
目の前の
惨劇で
前世を思い出したけど、あまりにも
問題山積みで
いっぱいいっぱいです。

contents

# 序章　あまりにも問題山積みでいっぱいいっぱいですからね？

私の名前はネオン・テ・トーラ改め、ネオン・モルファ（十八歳）。

我が国の三大公爵家の一つテ・トーラの惣領娘として生まれ、父親《クズ》のせいで、八歳で公爵家を追い出されると、市井の酒場兼宿屋で働きながら、家族と暮らしていたわ。

だけど十八歳になったある日、私たちを捨てた公爵家《ドクズども》から政略結婚《いえのために》で嫁に行けと命じられ、家族の安寧と引き換えに、公爵家当主《くそじじい》と当主夫人《くそばばあ》による鬼の貴族教育を施され、南方辺境伯爵で辺境伯騎士団団長のラスボラ・ヘテロ・モルファ様（二十七歳）に嫁がされたの！

本当は激しく嫌だったけど、家族のこともあって大人しく嫁に行ったし、初夜も覚悟した。けれどその夜「お前とは白い結婚だ！　お飾りの妻になれ！」と旦那様に言われた私は「はい喜んで！」と承諾、笑顔で契約書を作り、屋敷の離れに引きこもった。子作りも家政もノータッチ、社交も最低限、しかもそれで毎月お給料をくれるなんて、これ以上楽なことはないもの。

離れでの生活は、花を愛で、茶をしばき、本を読んでと本当に最高だった。けれどある日、使用人と騎士団要人の策に嵌められ騎士団の視察に行ったところで三十人の負傷兵がただ投げ込まれただけの救護院に行きつき、そのショックから『趣味と生活のためだけに仕事しています！　勉強？　資格とっちゃえばこっちの物！　的お気楽へっぽこ看護師』だった前世の記憶を取り戻したことで、気が付いたら負傷兵に対し看護を提供し、すべての元凶である旦那様相手と罵詈雑言の舌戦を繰り広げ、なぜか南方辺境伯騎士団十番隊医療班隊長なんて肩書と共に、辺境伯騎士団本部砦内に医療院を立ち上げ、看護班六人、物資班十人、私の侍女一人の総勢十七名の部下を抱える医療隊長になってしまったの！

しかもこの医療院を運営する建前として、前辺境伯夫人が志半ばで叶えることのできなかった辺境伯領内孤児院の子どもたちへの支援をすることになり、結果、教会でバザーをすることを提案してしまったわ。

（ちょっと待って、この十日間で私を取り巻く環境が様変わりしすぎだわ。もう、心身ともにいっぱいいっぱいいっぱいなの！　なんでこんなことになってるの⁉）

そう考えている私の前に、今日も問題の種はにこやかに笑いながらやってくるのである。

〔一章〕第九番隊隊長と、新事業

「物置状態だった兵舎が、随分しっかりした医療院になりましたね」

（夜勤者の兵舎が物置状態だったのは御存じだったのですね）

暢気な声を上げたブルー隊長に、隊員への福利厚生はどうなっているのだと少しだけもやっとしたものを感じて見上げたが、その表情は嫌味や悪気がまったくなく、本当にただ感心しているようで、なんだか毒気を抜かれ、頷いた。

「傷ついた患者が心穏やかに療養するための場ですので、清潔安全に整えられた環境が必要です。そのため隊員たちがみなで頑張ってくれ、このような形になりました。どうぞお座りください」

階段を上った先にある応接室兼執務室に三人を案内し、席を進める。

三人がソファに座り、私もすっかり自分の席となってしまったお誕生席にあたる一人掛けソファに座ると、第九番隊隊長と名乗った壮年の男性を見た。

彼も私の視線に気が付いたようで、柔和な笑顔を浮かべ、頭を下げた。

「改めてご挨拶を差し上げる。南方辺境伯期騎士団第九番隊隊長シノ・ドンティスと申します。南方辺境伯夫人には、結婚式で一度ご挨拶させていただきましたが、どのような場所・姿でも変わることのない美しいお姿は、真実《まこと》、公爵家の宝石と呼ばれるにふさわしい。この荒々しい地においてはまさに眼福。そのお姿で、この辺境の、特にあまり宮廷式の社交が得意ではない御婦人方と、仲良くしていただければと妻とも話していたのです」

その言葉に、私は少しだけ眉尻が上がった。

（この方は公爵家の『宝石』をご存じなのね……なるほど）

この辺境に来て初めて投げかけられた華やかな社交辞令と『宝石』の言葉に、私は貴族の婦女子として気を引き締め、穏やかに貴族的微笑みを浮かべた。

「結婚式に御参列頂きありがとうございます。ネオン・モルファです。あの日は大変に緊張しておりましたので、皆様に失礼がなかったかと心配しておりました。ですからそのようにおっしゃっていただけて安堵しましたわ。私のことは、ほかの皆様にもお願いしておりますように、ネオンとお呼びください」

「かしこまりました。では、そのように」

こちらの意を組み頷いたドンティス隊長を私は観察する。

拝見した限りでは怖い方かと思ったが、こうして言葉を交わせば、とても穏やかな、前世の言葉で表すならばまさに紳士といった佇まいの方だ。

斑に濃淡のある金の短髪をうしろになでつけ、緑がかった黒い瞳を細めて穏やかに微笑む様子は、辺境の騎士には珍しい柔らかな物腰で、武骨な隊服より宮廷貴族の正装《フロックコート》のほうが似合うだろう。

（騎士団雇用にイケメン枠とかあるのかしら？　イケオジに、わんこ、クールビューティーに正統派貴公子……ん？　なんか乙女ゲームみたいじゃない？）

そんな考えがふと浮かんでしまうほど、さまざまなタイプのイケメンが多いので、ついついオタクの気質が顔を覗かせる。

（今はそんな暇ないけれど、いつかイケメンを楽しむ余裕ができたら推し活ができそうね）

その時には推し活グッズを作ろうと、とんでもなく無駄なことを考えた私は、気を取り直して突然の訪問者に微笑んだ。

「それで。本日お越しくださいましたのは、どのようなご用件でしょうか？　まさか挨拶だけに来てくださった、という事ではありませんよね？　着任のご挨拶は医療院が落ち着き次第伺う予定でしたが、何かお急ぎの用向きでも？」

少々嫌味を含ませ訊ねれば、わずかに眉根を上げた彼は、穏やかに微笑んだ。

「いいえ。騎士たちのために心を砕き働いてくださっているネオン隊長に出向いていただくなど、申し訳が立ちませんよ」

そう笑ったドンティス隊長は、私をしっかり見据えた。

「ネオン隊長の隊長就任と十番隊発足の顛末は、彼らからしっかり聞きました。しかも何やら教会で金銭を扱った慈善事業もお考えとのこと。そのことで、もしかしたら私のような者でも、お役に立てるかと思い参じたまでです」

「バザーの、ですか？」

（あら？　医療院や医療隊のことではないの？）

想定と違う回答に首をかしげると、ブルー隊長が頷いた。

「シノ隊長が勤める第九番隊は、南方辺境伯期騎士団後方支援、簡単に言えば騎士団に関わるすべての物資輸送、軍事経理運営を任された部隊です」

「それは、旦那様からの信頼が厚いお役目ですわね」

「僭越ながら」

遠慮がちに笑んだ落ち着きある姿は、言われてみればたしかに、宿屋によく集まっていた商家のお偉いさんの物腰《それ》に似ている。

そんな彼が出てきたということは、活動資金が雀の涙程度だった医療班にとって力強いと捉えることもできるが、逆に私がどれくらい真剣に医療院、騎士団の事を考えているか、そして力量があるのか確認に来たのかもしれない。

（教会バザーの発端は、医療院を設置するために旦那様を黙らせるための大風呂敷だったけど、医療院を継続して運営するための大切な土台になる辺境伯夫人の慈善事業。令嬢のおままごとだと一蹴されないように気をつけないと）

しっかり自分に言い聞かせ、ドンティス隊長に問いかける。

「それで、ドンティス隊長は、私に何をお聞きになりたいのですか？」

私の言葉に、彼は頷く。

「医療院の為と、概要はうかがっております。ですがネオン隊長。貴女のおっしゃるそのバザー、一体どのように、何を目的として行うおつもりですかな?」

(来た)

「では、詳しくご説明申し上げますわ」

彼の言葉に私は席を立ち執務机に向かうと、勤務の合間に前世の記憶をもとに書きまとめた草案を取り出し、ドンティス隊長の前に広げた。

「まず初めに申し上げますが、これは私が十番隊隊長として行うものでなく、辺境伯夫人として行う慈善事業という事です」

そう前置きした私は、バザーと慈善事業の説明をする。

騎士団医療院設立運営に対し支援を申し出てくれた教会に、運営費捻出のため、人材と場所を貸してもらうという考えから始まったものである事。

前辺境伯夫人が志半ばでお倒れになり頓挫していた、孤児のための慈善事業を引き継ぐ決意をしたこと。

その二つを同時に実現するため、教会主催で医療院設立運営と孤児院環境改善を目的に、教会で手作りした菓子や小物を売り利益を上げ、その収益の原価を除いたすべてを支援する対象である医療院、孤児院の建設運営に当てる事。

バザーの際の安全警備は、辺境伯家の慈善事業として名目があるため、家令を通じて旦那様にお願いするつもりである事を、順を追って説明した。

「なるほど。しかし初回の材料費や売り場の設置、安全警備にかかる金銭はどうされるおつもりで？」

「それはもちろん。私の慈善事業ですから、私が負担しますわ」

ふむ、と、顎に手をやり、しばらく思案したドンティス隊長は、その指先でトントンと書類の一文に触れた。

「原料費などの諸経費を売り上げから差し引くとありますが？」

「慈善事業は本来、収益のすべてを支援先に分配するのですが、私は、いずれ教会や修道院、孤児院だけでこの活動を継続できるようにしたいと思っています。そのため、次回の運営資金としします」

「なるほど」

「奥様」

納得したという顔をしたドンティス隊長の横で、神父様が不安げに顔をのぞかせる。

「我らがその作り手になれますでしょうか」

「もちろんです」

その問いに私は、微笑んで頷く。

「私がお教えする菓子と小物は、決して難しいものではありません。それに、教えを広めるのに一役買うと思いますわ」

「それはどういう事でしょう？」

「こちらをご覧になってください」

心配げな神父様に、私は絵と説明文を添えた紙を渡す。

「清貧を掲げる教会で売るものですので、華美なものはありません。よくある焼き菓子に、よく使う日用品です。ただ特別感を出すため、菓子には砂糖で絵を、日用品には刺繍を入れます。図案は教会のシンボルや教えにまつわる物に絞り、販売の際、その謂れを伝えるのです」

「なるほど！　たしかにそれは布教にもなりますね」

表情が和らげた神父様に、私は頷く。

「医療院で出る衣類や医療品を黙々と洗っていただくより、民の前で教えを説き、幼子を導くためのお仕事の方が、神に仕える皆様にお願いするにふさわしいと考えました。

日々のお勤めの合間に小物を作り、菓子を焼き、バザーでそれを売る。乳、小麦、砂糖からなる焼き菓子は、製法も簡単で、子どもも大人も気軽に美味しく食べられますし、野菜を混ぜ込めば体にも優しい。

もちろん、それだけではバザーという華やかな場所で見栄えがしませんので、焼き菓子の表面を砂糖と卵白を使った『アイシング』でかざります。それとは別に、『パウンドケーキ』と『ブランデーケーキ』の製法もお教えします。ブランデーケーキは元となるパウンドケーキにひと手間かけ、男性にも好まれる味わいを出したものです。きっと、バザーの目玉になると思いますわ」

「パウンドケーキとブランデーケーキ……ですか？」

ブルー隊長の言葉に、私は挿絵を入れたパウンドケーキのレシピを取り出す。

「こういった形の焼き菓子です。当家の料理長に試作をお願いしているので、でき上がった際にはご試食と、ご意見をお願いしますね」

「それは楽しみですね」

「ふむ。なかなかよく考えておられる」

嬉しそうに話すブルー隊長と神父様の横で、黙って話を聞いていたドンティス隊長が口を開いた。

「ですが、これで大きな収益になるでしょうか？」

「いいえ」

にっこりと笑った私は、広げていた書類をひとまとめにしながら答える。

「菓子だけ、小物だけではさほどの収益にはならないでしょう。しかしそれは目先の利益だけを見た場合。私が見据えるのはその先」

言い切った私に、ドンティス隊長は面白そうに口角をあげる。

「ほう？　その先とは？」

「先代の辺境伯夫人がお考えになっていた事を成し遂げようかと」

「先代の？」

ドンティス隊長の問いかけに頷いた私は、神父様を見た。

「リ・アクアウムの孤児院に子どもは何人いますか？」

その問いかけに、神父様はやや考え、教えてくれる。

「一歳未満の赤子から十歳まで。約二十人程度と確認しております」

（あぁ、想定よりも幼くて多い……）

神父様の返答にザラリとした苦いものを感じながら、私はさらに確認する。

「十歳までとの事ですが、それ以上の子は？」

「体の大きな子、力や魔力で見込みのありそうな子は、早いうちに騎士団へ。あとは働き手として領内の商家や農家へ引き取られます」

その言葉に、苦い気持ちを飲み込む。

「随分早くから働き手になるのですね」

そう言うと、ブルー隊長は不思議そうな顔をした。

「王都では違うのですか？」

「えぇ」

その問いに、私は頷く。

「王都では貧困層の子ども以外、八歳になると読み書きを習うため学校に行きます。孤児院の子も同様です。そうして十六歳で学校を卒業し、初めて奉公に出ます。稀に成績優秀な子がいると、国の奨学金でさらに上級の学校……貴族学院への進学を許されます。……モルファ領ではなぜ、幼い子が働き手となっているのですが？」

「王都と辺境では環境も状況も違いますからな」

私の問いの答えを出したのは、難しい顔をしたドンティス隊長だ。

「王都の孤児の大半は捨て子か訳あり子、流れ者あたりでしょうが、辺境はそうでない」

深いため息と共に、ドンティス隊長は言葉を吐き出す。

「多くの孤児は、魔物や破落戸《ごろつき》が無慈悲に村を焼き、牙をむき、剣をふるう中で生き残った子ら。辺境とはそういう地で、そうである以上、孤児の数は増えることはあっても減る事はない……そして増え続ける孤児を十分に養う器もないのです。

学業もまたしかり。読み書きを教える学校はあっても、継続して通えるのは金を得る仕事に就く親を持つ子のみ。農耕、畜産、養殖……辺境の仕事はそのようなものが多く、そういった家の子は大切な働き手として家業の手伝いが優先される。故に学校は常に開店休業状態。裕福な商人や大きな農家の家の子などは、寮か下宿を借りて王都の学校に通うのです」

「なるほど……」

（胸が痛い）

きゅっと、私は胸元を押さえた。

戦いがあれば孤児は増える。

誰かが引き取ったとしても、その村だっていつ戦地になるかわからず、そんな環境では、親は我が子を守るのに必死で、他者の子に情けをかける余裕はないだろう。

幼子が働き手になるのも、納得は出来ないが理解はできる。

前世の様な農耕機器がない世界で、広大な農地を抱える辺境では、すべての作業が人海戦術となる。そうなれば、日々の働き手として子が駆り出されるのは必然で、王都と辺境。親が子を思う気持ちは同じでも、社会環境の根本が違うのだ。

(自分だって、公爵令嬢として生まれ、放逐後も王都で暮らしていたとはいえ、学校には行けてないもの)

なまじ親がいるからこそ、日銭を稼ぐために働き学校へ行けぬ子もいて、それは前世でも今世でも変わらない。

大人の事情や社会事情に、子は振り回されるのだ。

ため息を一つ。そうして落ち込む思考を切り替えるため顔を上げた。

「子を養う器を大きくする必要がありますね」

そう切り出し、私は別の草案を広げた。

「こちらはまだお話しするつもりはなかったのですが、孤児となった子がただ労働力とされるだけでなく、自分の力で独り立ちできるよう、孤児院に学舎を併設したいと考えています。

その学舎では、基本的な読み書きだけでなく、裁縫、製菓や製パン等、仕事として成り立つ技術を教えます」

「技術？」

「はい」

目をまん丸くしたブルー隊長に、私は頷く。

「この地に根付く農業や産業を私は否定しません。ですが強制もしたくありません。人の道から外れぬ限り、本人の意思で生きる道を選んでほしいのです」

「生きる道を選ぶ、ですか？」

「はい」

顔を見合わせた三人に、私は微笑みを向ける。

「学舎ではまず最低限の読み書きを教えます。それができれば、人生のあらゆる場面で一方的に騙され、損をする事が格段に減るからです。そして技術。職業訓練とでも言いましょうか。自分の意志で職を選び、生きるための技術と能力を身に着けてほしいのです。

その第一歩として、学舎で学びながら作り、一定の品質に達した物を、バザーで販売し、お金を稼ぐことを教えます。もちろん挫折も失敗もあるでしょう。しかし子どものうちのそれは、大人が支えてあげればいいのです。

そしてお金。自分の力でお金を稼げたという成功体験を重ねる事ができますし、そのお金は自由に使わせます。好きな菓子を買っても、目標を立て貯めるのもいいでしょう。お金が手に入る事で様々な問題が生じるでしょうが、それもまた学びとなる。まず自分たちで悩み、考え、答えを導き出す。周りの大人はその経過を見守り、解決のきっかけを提示してあげるだけでいい。これらすべてが、子どもが社会に出るための予行練習となるでしょう」

「まさか！　年端も行かぬ子の作った物を売るとおっしゃるのか？」

私の言葉に驚き、わずかに腰を浮かせたドンティス隊長に、私は笑う。

「いけませんか？　刺繍のされたよそゆきの手巾や日常で使う刺繍の鍋掴み、質が良ければ、みな買い求め、使ってくれるでしょう。先ほど言ったとおり、作品の純利益の三割を制作した子どもに返します。どう使うかは子どもの自由。ですが、お金の使い方と管理方法だけは、大人が教えなくてはいけませんね」

（管理には、個別に鍵付きの貯金箱とかどうかしら？）

可愛い物やワクワクする物がいいなと考えていると、ブルー隊長が心配げに眉を下げた。

「しかし、そんなにうまくいくでしょうか？」

その言葉に、私は笑う。

「初めての試みがうまくいくかいかないか、それは、やってみなければわかりません。それは医療院も同じこと。案ずるより産むがやすし、ですわ」

「あ……案ずるより？」

「案ずるより産むがやすし。心配してもしょうがない、やってみたら案外うまくいく、という意味です」

「なるほど」

おっと、これは前世のことわざだった、と笑ってごまかし、私は続ける。

「でもまずはバザーです。これを成し遂げたら、次を考えましょう」

「わかりました！　なんでもお手伝いします！」

「なるほど。領主夫人としてのお考えはよくわかりました。しかしこれが騎士団医療院の益になるとは思えませんが、ネオン隊長。なにか他に策がおありか？」

大きなワンコのように尻尾を振って賛同してくれたブルー隊長の隣で、ドンティス隊長が眉根にしわを刻み、低く、静かに問うてきた。

（なるほど、この方の目的はそこなのね）

私が考える慈善事業が騎士団の益にどうつながるのか——ひいては私の存在が、騎士団に、この辺境にとって有益にあるかどうか。

はじめから変わらず穏やかに、しかし先ほどまでと違い、明らかに私を試す意図が見える視線を向けるドンティス隊長に、私は姿勢を正し微笑む。

「もちろん、益なら ございます。まずは辺境伯家と騎士団への印象の向上です」

「ほう、それはどういったことでしょう」

眦を少しだけ上げた彼は、音なく腕と足を組んで真正面から私を見据える。

「たしかに教会や孤児への印象は向上するでしょう。そして辺境伯夫人の慈悲による慈善事業ですからネオン隊長の印象も同様。しかし、その印象の向上が果たして騎士団に有益かつ必要なものですかな？」

深くソファに身を預けたドンティス隊長の一連の行動に、私は笑みを深める。

（腕組み足組みふんぞり返り。あれは相手より、より優位に立ちたいお偉い様がやるしぐさ。自分を大きく見せることで交渉の場で優位に立つ、もしくはこっちを怒らせ、没交渉に持ち込むための脅し行動《いかくのポーズ》。けど残念。そんなわかりやすい挑発には乗らないわ。こういう時は腹の中でアカンベーしながら、しおらしく、けれどそうと見せず戦うのが正解。小娘相手に大人の男が見え見えの挑発なんて、レッサーパンダかオオアリクイかしら？　ふふ、可愛いしかないわ）

頭の中で両手を振り上げて威嚇してくるふわもこを想像し、笑顔で頷く。

「もちろんですわ」

こういう時のために集めた事前情報の一つを手札として切る。

「ブルー隊長や、ここにいる隊員たちから聞きました。戦場に赴き、負傷し、死なずとも、騎士としての将来が潰《つい》えた者に対し、騎士団はわずかな慰労金を渡して放り出していたとか。随分惨い扱いをなさったようですね」

「それは……」

私の言葉に、威嚇中のドンティス隊長《オオアリクイ》はもちろん、ブルー隊長《おおがたワンコ》、神父様までもが顔色を変えた。

(そんな顔したっていまさらなのよ)

そんな彼らに、貴族として微笑みながら、心の中で舌を出す。

「名誉の戦死に対しての慰労金。これは家族も納得せざるを得ないでしょう。しかしそうでない者——怪我を負ったにもかかわらず治療どころか放置され、結果、健常な体を奪われた者たち。彼らは皆様の慈悲で再度ここに雇われていたようですが、それでも騎士としてではないため、旦那様に見つからぬよう日陰での雑用を強いられた。

それから、死にゆく仲間をただ見送るしかなかった騎士たち。旦那様にまつわる事情を知らない者たちは、その状況をどう思ったでしょうね。たしかに騎士は辺境では花形で給料も破格。生活のため職を辞せず、表立って文句も言えなかったでしょうが、怒り、悲しみ、憎しみ。様々な感情はその身に降り積もる。そしてそれは、時折吐き出されたはずです」

私の言葉を静かに聞く青い顔をした三人の、特に上層部に身を置くブルー隊長とドンティス隊長は、はたしてその可能性に気づいているだろうか。

(これは前世で一労働者として、そして今世、酒場兼宿屋勤めという下々の社交場で働き見てきた経験から話すのだけど……)

静かに、淡々と告げる。

「井戸端で、自宅で、酒場で。気の置けない家族や友人、仲間が集まり、そこに酒の力が加われば、普段抑え込んでいる気持ちや不満がボロボロとあふれるのは当たり前。そして、それを耳にした家族や店員、聞き耳を立てる者から話は広がるのです。大っぴらには言えないけど、騎士団は騎士を見殺しにするらしい、と」

その言葉に顔をこわばらせたのは、目の前の三人だけではない。

開けたままの扉の向こうで聞き耳をたてている医療隊の隊員《わたしのぶか》もだ。

（私も居酒屋の半個室で職場の愚痴を吐いていたら、偶然隣に上司がいた時はびっくりしたなぁ）

壁に耳あり障子に目ありという奴で、愚痴るのはかまわないが、いつどこで誰が聞いているかわからないからこそ、公の場での会話の内容には気をつけなさいと注意された。

それは前世の超高度情報社会でも異世界の辺境でも一緒……いや、厳格で理不尽な身分制度がある分、こちらの方が気をつけなければならない事だろう。

ふぅ、と私は憂いた顔で息を吐く。

「皆様を責めているわけではありません。ここで責められるべきは旦那様で、その旦那様には私自ら意見を申し上げました。その結果がこの状況です。噂を聞いた領民の方も、言いたいことは数あれど、結局は騎士団に守られているから、家族が騎士団にいるからと心に留め置いているだけかもしれません。しかしここで働く皆様もその家族も、いずれそれが我が身に降りかかるかもという不安を抱える中、さらに性質の悪い話を聞きたくはないでしょう。聞くなら良い話の方がいいはずです。ですから慈善事業という大義名分で、少しでも騎士団の印象を良くする必要があるのです」

はっとして顔を上げたみなに、私は微笑む。

「半年前に王都から嫁いできた世間知らずのお姫様……まぁ私の事ですが。その令嬢が教会で『辺境伯夫人として医療院設立と孤児院支援』を謳い、慈善活動を行えば、興味本位でも領民の皆様は見に来てくださるでしょう。そしてその衆目の中、宝飾で彩った絢爛豪華な貴族令嬢ではなく、隊長服を纏った私がバザーを行う。またそれを警護する騎士の姿を見、言葉を交わし、時には物のやり取りをすれば、徐々に警戒を解き、認識を変えてくれるのではないかしら？」

「まさか！」

その言葉に、慌てたのはドンティス隊長だ。

「司法公の宝石であり、辺境伯夫人でもある貴女を、客寄せ人形のように扱うとおっしゃるかっ！」

「あら？」

眉間にしわを寄せ、そう言ったドンティス隊長に、私は少し驚いて見せる。

「客寄せ人形の何がいけませんの？」

「なっ⁉」

驚き、大きく目を開いた彼に、私は口元に手を当て、意識して愛らしく笑う。

「せっかく目立つ容姿なのです。客寄せ人形、大いに結構ですわ。きっかけは何であれ、バザーや騎士団に興味を持っていただければいいのです。そして大義名分に恥じぬよう、定期的にバザーを行い、医療班の活動を続け、まずはリ・アクアウムに医療院を配置し、孤児院と併設学舎を整備・運営、軌道に乗ったあと、領内全域へこの活動を広げます。

もちろん、バザーで同じ物を売り続ければすぐ飽きられますから、品は定期的に替えます。それと、騎士団の協力が必要となりますが、子どもたち向けに『騎士体験』を行いましょう。そうすればバザーに興味のない子はつられ、つられた子の親や男性も足を止める。騎士団への見識が変わるきっかけの種を撒くのです。

これを継続すれば、辺境伯夫人である私、辺境伯騎士団医療隊、医療院の認知度と好感度が向上し、ひいては辺境伯騎士団、そして辺境伯騎士団長であり辺境伯である旦那様の好感度も上がるでしょう。騎士体験を受けた子どもが、将来騎士になりたいと思ってくれ、そしてそれを許してくれる親御さんも増えるかもしれませんね」

「……なんと」

「そんなことまでお考えに」

「これはたしかに有益だ……奥様は領地領民と騎士団、そして団長の事までお考えになって行動していらっしゃったのですね」

頷き合うブルー隊長と神父様、そして心底感心したと言いながら目頭を押さえるドンティス隊長を、笑顔の私は心底冷めた目でみつめる。

（いいえ。旦那様への好感度は貴方たちにこの話に食いついてもらうための方便で、ほかの騎士様が不当に扱われなければ旦那様の評判なんて、地の果てまで落ちようが、どうだっていいの。というわけで、あと一押し）

コホン、と咳払いをし、三人の視線を集めると、私は熱く語る。

「はっきり申し上げます。現状のままでは辺境伯騎士団は騎士たちに見捨てられ、領民も遅かれ早かれ領地から逃げだすでしょう……ですが」

にっこりと、渾身の微笑みで私は言い切る。

「旦那様の非道を正し、先代の辺境伯夫人の悲願を叶えるべく私が考えた一連の慈善事業。これが成功すれば騎士の志願者は増え、領地領民との信頼関係も築く事ができます。初期投資にお金がかかるのは当然のこと。しかし五年後、十年後のことを考えれば、それは些細なものです。モルファ領民のため、辺境伯騎士団のため、南方辺境伯家のため。ぜひお力をお貸しくださいませ！　……あ」

熱く語る演技が乗りに乗ってしまい、ぐっと握ってしまった拳を慌てて隠す。

（好きなものを語るオタクの如く、つい熱弁をふるっちゃった。しかもちょっとどころか結構な大風呂敷を……。でもまあ、失敗したら前世記憶チートで次を考えればいいわよね？　とりあえず今の体裁を整えないと）

「失礼しました、少々熱くなってしまいましたわ。……え⁉」

心の中で出していた舌を仕舞い、熱くなった頭を冷やすため、しっかりと淑女の微笑みを浮かべて三人に視線を移した私は、目の前の光景に驚いた。

「ドンティス隊長、どうなさいましたの⁉　ブルー隊長や神父様まで！」

つい大きな声を上げて立ち上がってしまう。

それもそのはず。目の前の三人が滝のように涙を流し、『あの隊長に！　本当に！　良い奥様が来てくださった！』と手を取り合い、頷き合っているのだ。

「ちょ、ちょっとお待ちください。誰か手巾……って、えぇ⁉」

男泣きする三人のため、慌てて涙を拭う手巾を貰おうと開けたままの扉から出たところで、私は驚いて動けなくなった。なぜならそこには、聞き耳を立てていた物資班のメンバーと、さらに看護班ラミノー、エンゼ、アルジが全員で涙しながら、頷き合っていたのだ。

「ちょっと、みんな！　何をしているの⁉」

「ネオン様！」

「え？」

驚いて立ち尽くしていると、横からにゅっと伸びて来た細い腕に捕まった。

「旦那様にあんなにひどい仕打ちをお受けになったのに！　なのになんて慈悲深い！　患者の事だけでなく、旦那様の事、この辺境の末までお考えだったなんて！　兄も、屋敷のみんなも喜びます！　ネオン様が旦那様のお嫁様に来てくださって本当によかった！　アルジは生涯ネオン様にお仕えいたします！」

感極まった絶叫と共に伸びてきた細腕に抱きしめられた私が混乱する中、さらに周囲にいる物資班・看護班のみんなの男泣きに紛れいろいろ聞こえるが、残念ながら十人に同時に喋られて聞き分けるなんてできない私は、ただなんとなく感謝されているらしいことだけ、キーン……と鳴る耳鳴りの中で理解した。

（全員、感受性豊か過ぎか……）

額に手を当てため息をついたあと、とりあえず私に抱き着いて泣くアルジの背中をトントンと撫で宥める。

「ありがとう。私もアルジが侍女になってくれて嬉しいわ。みんなも本当にありがとう。でもまだ業務中よ？　顔を洗って仕事に戻ってちょうだいね？」

「……はぁい」

ずびずびと鼻をすすりながら、素直に持ち場に帰っていくみんなを見送って、持ってきた隊員の鼻水や涙が付いていなければきれいなはずの手巾を手に部屋に戻る。

「皆様も、大丈夫ですか？」

室内にいる三人に声をかけると、うんうんと頷く。

中でも一番大泣きしているドンティス隊長が、手巾を渡そうと差し出した私の手を両手で、がしっ！　と掴んだ。

「あ、あの……ドンティス隊長？」

「ネオン隊長！」

「は、はい！」

ただただ困惑するしかない私に、彼は先ほどまでとはまったく違う、もう全面的に感動しました！　という押しの強い表情で訴えてくる。

「負傷者や領民の事どころか、前辺境伯夫人の気持ち、そして貴女に無体を働いたラスボラにまで慈悲をかけてくださるとは！　その慈愛に満ちたお考えと志、大変ありがたく！　不肖、シノ・ドンティス！　ネオン隊長の慈善事業のため、いいえ、ネオン隊長のため！　粉骨砕身でお仕えすると誓いましょう！」

「あ、ありがとうございます……？」

「俺も！」

「へ？」

私の手を握り、突然、激重な誓いを叫ぶドンティス隊長に困惑していると、滂沱の涙で顔を濡らすブルー隊長がさらに手を重ね、何度も頭を下げる。

「先日も感動しましたが今日のお言葉もまた心打たれました！　ネオン隊長は俺たち騎士団と領民の希望の光、いいえ、慈愛の女神です！　俺も誠心誠意ネオン隊長にお仕えします！」

「え、そんな激重感情いらな……いえ、ありがとうございます。そう言っていただけると心強いですわ」

ドン引きしているのを悟られないよう、笑顔を浮かべながら掴まれた手を引き抜こうと半歩下がると、彼らの後ろで神父様が私に向かって祈るような姿が見えた。

「ありがたい……奥様は、この辺境に降り立った女神様そのものです」

「おやめください、神父様。それはあまりにも恐れ多いです」

一歩、二歩と後退し、ようやく抜けた手を心労で痛む胸に押しあてる。

(なんなの？　全員の気持ちが重すぎるわ！　集団幻覚怖い！　はっ⁉　もしかして私、異世界転生でよくある『魅了の力』があったとか……は、ないな、ないない。あったらこんなに人生苦労してない。冷静になろう、自分)

まず己を落ち着けるために深呼吸をし、渡した手巾で顔を覆いながらソファに座り男泣きを続ける三人のため、紅茶を淹れてお出しする。

「ネオン隊長自ら淹れてくださったお茶……なんてありがたい……これが天上の甘露か……」

「いいえ、公爵領産の普通の紅茶ですわ……」

いちいち気持ちが重すぎて、ちょっと……いや、だいぶ逃げ出したくなりながら、自分が淹れた紅茶に口をつけ、しみじみと息を吐く。

(もう疲れたから、皆早く帰ってくれないかな……)

「ところで奥様」

そろそろ解放されたいと、ぼんやり天を仰いで現実逃避していると、男泣きから復帰されたらしいドンティス隊長が、声をかけてきた。

「なにか？」

にこやかに返答すれば、彼は先ほどまでと違い貴族然とした表情で話しだす。

「それほど崇高な志をお持ちなのでしたら、まずは領地視察をおすすめしましょう。モルファ領最大の街リ・アクアウムに出向かれたことはおありか？」

それに私は首を振る。

「いいえ。ですが視察には是非行きたいと思っています。会場となる教会を拝見し、どのようにバザーを行うか考えたいですし、市場での物流物価の確認はもちろん、市井で民の暮らす様子も確認したいのです。ただまだ医療班が整っておりませんので、もうしばらくはお預けですわ」

（それと、できれば本屋も行きたいのよね。辺境伯家の書庫には、一昔前の軍記や物語、歴史書しかなかったから、医療や魔術の本を手に入れられれば……）

そんなことを考えながら答える私に、ドンティス隊長は頷き、驚きの提案を投げかけて来た。

「おぉ、やはり。しかし、時期をはかっていては好機を逃します。良き行動は思い立ったときに行うのがよろしい。実は明後日、団長がリ・アクアウムへ視察に出る予定がありますので、御一緒されてはいかがでしょうか？」

「……えっ！　やだっ！　いえ、それは、旦那様のお仕事を邪魔するわけにはいきませんし、私も医療院から離れることはできませんから、今は遠慮させていただきますわ」

（あの旦那様と一緒に行くとか、絶対にありえない！）

ぶんぶん首を振り固辞しまくる私に、ドンティス隊長は食い下がる。

「団長とネオン隊長がお二人で領地を視察されれば、領民は安心します。ちょうどよい機会なのでは？」

「いいえ！　旦那様は医療院設立に反対のお立場。それを私のわがままで好きにさせていただいているのです。これ以上旦那様を煩わせるわけにはいきません。私の慈善事業ですもの、一人でも大丈夫ですわ。お気遣いいただき、ありがとうございます」

断固拒否。

微笑みながらもその言葉を前面に押し出し、なんとか！　なんとか旦那様との領地視察を阻止して、私は三人にお帰りいただいたのだった。


その、はずだったのよ？

# 〔二章〕 策士にやられた！ 三回目！

さて私は今、馬車に揺られています。

昨日の朝、十三日間——つまり三百十余時間連続日勤夜勤という、合間に昼寝や仮眠はとってはいたけれど、超々ブラック勤務の最後の夜勤を無事に終え、みんなと別れて屋敷に戻ると、なぜか結婚当日にしか足を踏み入れたことのない本館に誘導されそうになった。それを。

「私の屋敷は離れです！　契約違反ですから！」

と全力で拒否し離れに戻ったところ、アルジを除く私の侍女と、さらに見たことのない侍女がわらわらと集まり私のみぐるみを剥ぎとり、香油と花びらを浮かせた温かいお湯に放り込んだ。

そんな行動に困惑しながらも、あまりの気持ちよさに静かに茹っていると、再びやってきた侍女に、私の頭の先から足の先まで丁寧に磨かれた。

そのテクニックに何度も寝落ちしそうになるのを必死に堪《こら》えた私に待っていたのは、お腹に優しくおいしい絶品ランチと、試作品とは名ばかり、想像のはるか上をいく極上のプディングで、心置きなく舌鼓を打ち、おなかいっぱい大満足、アドレナリン出っぱなしの変なテンションとなり、まだ日も高いということで寝るにはもったいなく、部屋の長ソファに夜着姿《パジャマ》でゴロンとすると、以前、書庫で見つけた隣国の童話を読みつつ、ウトウトしていたら、侍女たちにそんなところで寝ては駄目だ、と十三日ぶりのふかふかの最高に寝心地の良いベッドに放り込まれ意識は暗転、気が付いたら朝でした（あぁ、ここまで長かった）。

起きた時の、最高に軽やかな爽快感に、もしかして二晩も寝た⁉　このまま仕事に行くの⁉　どれだけ寝汚いの⁉　と混乱し、ベッドの上でうろたえてしまったけれど、久しぶりに侍女のお仕着せ姿のアルジが、洗面と身支度を手伝いに来てくれ、そうでないことを教えてくれた。

うん、そう。

いま考えるなら、そこで気が付くべきだったのだ。支度を手伝ってくれたアルジの様子がおかしいことに。

実は前夜。夜勤中にアルジとお忍びで街歩きの計画を立てた私は、今世で初の同性で同年代の子との街歩きに浮足立っていた。

私の派手な髪を、商家のお嬢さん風に編み込んでもらい、軽やかでしっかりしたワンピース、街歩き用のペタンコの靴と帽子を身に着けると、約二週間ぶりのスカートはスースーするわ、とか思いつつ、一人になった瞬間に、姿見鏡の前でくるくるっとしてしまうくらいには、浮かれまくっていたのだ。

（だって前世と違って、私、超絶可愛いんだもん。それに、アルジとコーディネイト合わせっていうのも嬉しかったのよ？　主従かもしれないけど、お友達とそういうこと、したことなかったから……）

ただ、それを加味してもやはり浮かれすぎだった。今考えてもあれはない。そのせいで、現在の状況を招いたのだと理解し、反省している。

身支度も終わり、小さく可愛い鞄を渡されて、離れのエントランスに用意された家紋のついていない馬車に乗る。

そこまでは良かったのだ。

そこまでは！

しかし、馬車に乗り込むと、その馬車の室内の左奥の席に、夕焼け色の髪を背中で一つに纏め、黒曜石の瞳をこちらに向けた、見慣れないラフなお召し物を身にまとった旦那様が座っていて、一瞬、私の動きが止まった。

「……え？　旦那様？」

「なんだ？」

「すみません、降ります」

「なぜ降りる、領地の視察に行くのだろう？」

「え？　ええ。それはそうなのですが……」

「従者が困っている、早く座れ」

「は、はい」

当然のように言われてしまい、つい旦那様に言われるがまま腰を下ろしてしまったのだ。すると。

「では奥様、扉を閉めます。お気をつけください」

「え？　ちょっとま……」

と、馬車を乗った時に手を借りた従者が、あっという間に扉を閉めたのだ。

（なぜ旦那様と⁉　アルジは⁉）

と言いたいが言葉にならず。

「え？　えぇ⁉」

と、混乱している私に気づかない旦那様が二度、座面の後ろを叩き『出してくれ』と告げると、それを合図に馬車は軽快に走り出してしまったのだ。

「えぇ⁉」

慌てて窓から外を見れば、家令に侍女長などの本宅の使用人と、なぜかアルジが頭を下げて見送っているではないか。

（いや、ちょっと待って⁉　アルジがなぜそこにいるの⁉　一緒に街歩きは⁉）

そんな、脳内が疾風怒濤吹き荒れる大混乱のまま、現在私は、旦那様と馬車の中で対角線上に座って、ただただ無言で領地に向かっているのである。

（なぜこんなことに……そういえば、アルジが何か言っていたような？）

思い出し、渡された小さな鞄を開けると、中には銅貨や銀貨の入ったお財布、手巾、小さな手鏡と共に二つ折りされたカードが入っている。

（なにかしら？）

私は旦那様に気付かれぬよう、隠しながらカードを開けると、中には。

『ネオン様
申し訳ございません。街歩きの約束がなぜか家令に知られており、このような形になりました。

本日行くリ・アクアウムは治安の良い場所ではありますが、どうか旦那様や護衛とお離れになりませんよう。お小遣いを家令よりいただいておりますので入れておきます。　アルジ』

と、綴られていた。

（ア……アルジ……）

読み終わった私は、肩を落とすしかなかった。

（どおりで昨日あれだけ磨かれたわけだわ……しかも、また謀られた……）

なぜばれたのか……は、お出かけに浮かれ、医療班のみんなにおすすめの屋台やお菓子を聞いたりしていたせいもあるだろう。が！

（なぜ旦那様と一緒なの？　何の罰ゲーム⁉　せっかくのお休みなのに上司とお出かけとか、それ、ただの接待！　仕事と変わらないじゃない！）

「その溜息は何だ。街に行きたくはないのか？」

カードを鞄の底に入れつつ、悲しい事実に激しく落胆し溜息をつくと、旦那様が咎めるような声色で話しかけて来た。しかし。

（はい！　貴方とは一緒に行きたくありません！）

などとは雇用主に対して口が裂けても言えないため、頭からすっぽりと猫を被り、これもお仕事と割り切って微笑む。

「本日は侍女を連れお忍びで行くつもりでしたので、お忙しい旦那様のお手を煩わせることを申し訳なく思っただけです」

申し訳ございません、と淑女の鑑とまではいわないが、パーフェクトな答えを返すと、その返答に満足いったのか旦那様は『なるほど』と頷いた。

「今日は私も視察に行く必要があった。そこにシノから、君も視察に出たいらしい、共に行ってはどうかと進言された。君の視点で意見をもらえば、何か目新しい案が貰えるのではないか、と。だから気にするな」

「左様でございますか。お心遣いありがとうございます」

（気にするな？　気にはしていません！　貴方と一緒が嫌なんです！　もう！　あれだけお断りしたのにドンティス隊長め！　余計なことを！）

心の中でドンティス隊長に石を投げつけながら、私はゆっくり頭を下げると、旦那様は何故か私から目を逸らし、窓の方を見た。

（そんなあからさまに目をそらさなくても……まぁ、お飾りの私と話す必要ないものね）

自己完結で納得し、では私も窓の外の景色でも楽しもうとかと体の向きを変えようとした時、だった。

「手を出せ」

「は？　いえ、今なんと？」

端的な物言いに、反射的に淑女ならざる声を出してしまい、慌てて言葉を繕うと、旦那様は自分の左手をこちらに差し出した。

「右の手を出せ」

（え？　急になに？　怖いのだけど……）

少し引き気味になりながら旦那様を見ると、相変わらずの難しい顔で私が手を差し出すのを待っている、というか圧で命じている。

「これで、よろしいですか？」

逆らうわけにもいかず、旦那様の手に触れないよう気を付けながら右手を差し出すと、そんな私の配慮にまったく気が付いていない旦那様は、がしっと強く私の手首を掴み、そのまま中指に何かを嵌めた。

（……なに？）

すぐに手首を離して貰えたので、ぱっと引いて見てみれば、右の中指には透明の石がはまった銀色の指輪が、文字通りキラキラと光を放っている。

「あの、旦那様、こちらは？」

お飾りの嫁になぜ指輪？　と困惑していると、肩から前に流された私のあのド派手な髪の色彩が、柔らかな栗色の髪に変わっていくのがはっきりと見え、慌てて両手で自分の髪の束を掴んだ。

「え？　どうして……⁉」

どこからどう見ても普通のきれいな栗色に変わっていることに驚き、眺めていると、これも、と旦那様から細い銀縁の眼鏡を渡された。

「こちらは？」

「目の色が変わる」

「目の色が……？」

恐る恐る受け取り、そっとかけると、眼鏡がチカチカッと光ったのが見えた。

しかし。

「自分では、わかりませんね」

「安心しろ。青い瞳に変わっている。この地方に多い髪と目の色だ。君の姿は目立つ。それくらいがちょうどいいだろう」

と、笑ったのだ。あの旦那様が！

（うわ、珍しい！　あの旦那様が笑ったわ！　でもなるほど。目立たないために魔道具を貸してくださったのね。そうよね、今日は執務で動くわけではないし、私のこれは目立つからお忍びには向かない、か……）

『それは尊き公爵家の血筋の者でも、直系にだけ、それも稀にしか出ない、奇跡の宝飾！　それを誇りに思うどころか恥じるとは、恥知らずめ！』

　思い出した罵声と躾用の鞭が空を切る音に、ぎゅっと胸元を押さえる。

（嫌なことを思い出した）

　幼いころから、この目と髪の色のせいで嫌な思いをたくさんし、市井に降りてからは、泥や油、草の汁で髪と顔を汚し、常に目を伏せ生きた十年。それが古傷のように痛むのをやり過ごし、旦那様の方を見た。

「このような魔道具があるのですね……これはお高いものなのでしょうか？」

「なぜだ？」

「できれば私も手に入れたいと思いまして。旦那様のおっしゃったとおり、私は派手ですから」

　これを持っていれば、もっと生きるのが楽だったろうと思い、同時に、けして叶わぬ夢だとしても、もし貴族《この》しがらみから逃げられた際は、絶対に必要になると考えた、それだけのことだ。

　その考えが、もしかしたら顔に出ていたのかもしれない。

　ひどく嫌そうに、旦那様が眉間にしわを濃くしたため、私は頭を下げた。

「ご気分を害してしまいましたか？　申し訳あ……」

「恥じる必要はない。本来であれば隠すのが残念なほど美しい色だ」

（……はっ⁉）

旦那様の言われた言葉にびっくりして顔を上げると、旦那様と目があった。

「侍女たちもそう褒めていた」

そう言って、それ以上私に何かを言われるのが嫌だったのか、窓の方を向くと自分も指輪と眼鏡を付け始めた。

夕焼け色の髪は常闇に、黒曜石のような瞳は深い緑に変化していく。

「……旦那様も、色を変えられるのですね」

「ここでは私の色も目立つからな」

さらに眉間のしわを濃く刻みながら言った旦那様に、私はそうですか、と答える。

（あんな眉間にしわを入れて言うってことは、もしかして旦那様も嫌な思いをしたことがあるのかしら？）

そんなことを考えていると、旦那様はトントンとつけている眼鏡の蔓を指先で叩いた。

「これらは色変えの魔道具だ。高額ではあるが、貴族、特に公爵家の様に特別な色彩を持つ家門であれば人数分以上に所有しているはずだが、知らないのか」

聞かれ、私は首を振った。

「あの家にいる間は、隠す事の方が罪悪でしたので必要ありません。必要だったのは、むしろ……いいえ、詮無い事を言いました、お忘れください」

「……いや、すまない」

（素直に謝られた……もしかして、旦那様は私の過去をお知りになったかしら）

つい漏らしてしまった言葉に対し、旦那様が謝った事に驚いて、言葉が返すことができず、小さく首を振って俯いた。

それからしばらく沈黙が続いたが、窓の外の風景が高い木々から背の高い穀物に変わり始めた頃、旦那様は私の名を呼んだ。

「ネオン嬢。今日はなにがしたいのだ」

「え？」

流れる景色をぼんやりと眺めていたため、声をかけられたことに驚いて顔を上げると、眉間にしわを寄せた旦那様は、腕を組み私を見下ろした。

「目的があって行くのだろう。わかれば行動を決めやすい」

その言葉に私は吃驚して声を上げた。

「旦那様と一緒に行動するのですか⁉」

そう言えば、旦那様の眉間のしわが一層濃くなった。

「何を言っている、当たり前だろう。君のように若く美しい娘が独り歩きするつもりか？　そもそも貴族が独り歩きをしようなど、正気の沙汰ではない。護衛の必要もあるというのに、君は自分の立場を理解しているのか？」

（理解はしていますが、貴方と一緒が嫌なんです！　それに屋台のお肉が！　買い食いができないじゃないい！）

と、言えるわけもなく、取り繕うように言葉を濁す。

「そうではないのですが、旦那様の御手を煩わせるのが申し訳なく……」

「一応夫婦なのだ、気にするな。それで、何が見たいのだ」

（旦那様と一緒なんて窮屈でしかないから、別行動したいのに……）

聞こえない程度に諦めのため息をついてから、しかたないと旦那様に卿の視察の目的を説明する。

「神父様を通じて教会へ連絡を取っておりますので、バザーの話し合いに行く予定です。それから辺境伯領の物価や物流を知るため市場の視察、時間があれば、此方には図書館があると伺っていますので本を求め、市井のお医者様とお話ししたいと考えております」

「なに？」

私の話を聞いた旦那様は、わずかに驚いたような顔をした。

「宝石やドレスを買いに行くのではないのか？」

「……は？　そのような物、いりませんが？」

とっさに反論した私に、旦那様が訝しげに眉をひそめる。

「しかし、令嬢とはそういったものを好むだろう？」

（もしかしなくても、旦那様は私が散財しに行くと思っていたのね）

あまりにも一方的な思い込みと物言いに、呆れを隠すことなくため息をついた私は、まっすぐ旦那様を見た。

「今の私に必要なのは、王都と領地の物価の差、領民の暮らしの現状、患者に正しく看護するための知識です。お飾りなど必要ありません」

「なるほど、そうだったのか」

きっぱり言い切った私に、旦那様は僅かに目を見開き、それから表情を和らげた。

（え？　なに、その笑顔、気持ち悪！）

そんな旦那様の様子に、いいようのない気持ち悪さを感じ、咄嗟に身を抱いて身震い押さえてしまった私をよそに、当の本人は目を伏せ、腕を組み、納得するように小さく頷いた。

「使用人に聞いた通り、君は本が好きなのだな。書庫の本も読み終わったと聞いているが、読むのは令嬢が好むという娯楽小説か？　残念だが辺境伯領に王都のような本を専門に扱う店はない。商会を通じてやり取りするため、王都より本の流通が遅く、販売と同時に手に入れるのは難しい。そういえば、君は隣国の原書も読めるのだったな？　求めているのが隣国の本であれば、さらに時間がかかるだろう」

（図書館にと言っているのに、買い求めるとか、なんかずれてる）

好意で言っているのだろうが、ちょっと私の思いとはずれがあるようなので、訂正しておく。

「流行りの本が欲しい訳ではありません。それに、お屋敷にあった本は、歴史の勉強という意味で大変に役に立ちましたが、私は王都の貴族学院も卒業しておりませんので、基本的な知識が足りず、それを補いたいのです。……旦那様は、本がとても高額であることを御存じですか？」

「高い？」

旦那様が首を傾げる。

「古文書や高度な魔術書であれば金貨や大銀貨が必要だろうが、普通の本なら大銅貨（千マキエ）程度で、いくら高くても銀貨（一万マキエ）で釣りがくるはずだが？」

その言葉に、もやっとしたものを感じる。

貴族様にとってはそうだろうが、その大銅貨程度と言われたお金は。

「大銅貨一枚あれば、五人家族で二日は、三食食べられます」

「……なに？」

呆気に取られた顔をした旦那様に、私は淡々と話す。

「私は八歳から王都の庶民街で暮らしていました。母は病気で働けず、弟妹は幼い。兄は読み書きと作法ができ、貴族のお屋敷に従僕見習いとして住み込みで働きに出てしまいましたので、今、必要なお金を稼げたのは私だけ。私も公爵家で読み書きを教えられていましたのですぐ働く事が出来ました。私のお給金は一日八千マキエでしたが、そのためには日の出前から日が暮れるまで働く必要がありました。そんな私の稼ぎは日々の食事と弟妹の学費、それから母の薬代でなくなってしまいます。娯楽のために本など買えるはずがありません」

「しかし、隣国の書物は……」

「庶民は他国の言葉を知りません。ですから市井の古本屋には、誰も読む者がおらず一括り十冊十マキエで他国の本が投げ売りになっているのです。それをおまけでつけてもらった辞書を片手に読んでいただけにすぎません。ですから、今必要な知識を得るために本屋に行きたいと思ったのです」

「……君は、苦労してきたのだな」

戸惑い、噛みしめるようにそう言った旦那様に、私は首を振る。

「いいえ、苦労とは思っておりません。公爵家にいるよりはずっと幸せでした」

「そう、か……」

(そんな事より旦那様。今日は随分印象が違うというか、柔軟というか、よくしゃべるわね？　あ、黙った)

黙り込んでしまった旦那様に首をかしげながら、つまらない話をしてしまったとため息をつきながら窓の外を見ると、牧歌的な農村風景から一変、石造りの高い壁、と光景が変わり、私はつい声をあげてしまった。

「この町は……」

「何を驚いている。結婚式の時に来ただろう？」

「それはそうなのですが……」

そうこうしている間に到着したのは、騎士団の駐屯基地の馬車置き場のようで、旦那様のエスコートで馬車を降りた私は、背後にそびえたつ、私の背丈の三倍以上はありそうな壁に驚いた。

「すごい壁……っ」

「用途は王都の街壁と同じだ。しかしここは辺境伯領。いつ魔物の強襲《スタンピード》や他国の襲撃があるかわからない。そのため王都のそれの数十倍は堅牢に作られている。この砦が街と民を守るのだ。少し騎士団の所用を済ませてくる。ここで待っていろ、護衛から離れるな」

「かしこまりました」

辺境伯家の上級使用人のお仕着せを着た男性と共に騎士団の軍旗の掲げられた建物に入って行った旦那様を見送り、乗って来た馬車も厩舎の方へと連れて行ってしまったため、ポツンと残された私(と護衛数名)。

(待っていろ、と言われたけれど何にもないところで待つのも、ねぇ)

周囲を見渡せば、騎士団の駐屯地のため、あちこちと騎士が行きかっているが、日が合った瞬間に向こうは頭を下げて逃げてしまうため、あるのは閉められた門扉と、外界から町を守る高い城壁のみ。

(このまま町へ行ってしまったらさすがに怒られるわよね。……見るものもないし、暇だわ。あ～あ、本当ならアルジと楽しく歩いていたはずなのに)

大きく溜息をつきながら、業務に従事する騎士の邪魔にならないよう、城壁へ足を向ける。

切り出した頑丈な岩を幾層にもレンガのように積み上げた造りのようだが、構造がわからない。

「これ、どうやって繋げているのかしら？　見た感じ何も使われていないけど、まさかコンクリートの代わりになる接着材があるのかしら？　それとも中に柱が入っている？　耐震構造大丈夫かしら？」

不思議に思い触れてみても、切り抜いて積み上げられたのだろうとわかる大きな石造りのその壁に、何かを使って張り付けたような痕跡もなく、地震で大崩壊とか嫌だなと思っていると、ところどころ色合いの違う小さな石が等間隔に嵌められているのに気が付いた。

「ここだけ石が違う……？」

そっとそれに触り、撫で、こんこんと指先でつついてみる。

周囲の武骨な岩石とは違い、つるつるに磨き上げられた手のひらよりも小さな真四角の青く冷たい石を見ていると背後から声がかかった。

「それは魔導石だ」

「旦那様」

「石そのものに魔導式が組み込まれ、この砦の強固性を高めるとともに、夜には明かりをともすようになっている」

背後に立つ旦那様が、首を傾げて私を見る。

「そんなものにまで興味があるのか？」

「興味、と言いますか……生活用以外の魔導具を始めて見ましたので。魔導石という物があるのですね？　どういった構造なのでしょうか？」

「基本は魔道具と同じ仕組みだそうだが、興味があるならトラスルに話を聞くがいい」

「トラスル様、ですか？」

初めて聞く名前だと訊ねてみると、旦那様はちらりと私を見た。

「辺境伯騎士団の七、八番隊は魔術師団で、トラスルは七番隊隊長だ。先ほど魔術にも興味があると言っていただろう？　話をしておこう」

旦那様の言葉に、私は目を丸くした。

「あの、よろしいのですか？」

「興味があるのだろう？」

「はい！　ありがとうございます」

（専門家に教えてもらえると言うのなら、頭を下げてでも習いたいわ！）

素直にお礼を言った私だが、旦那様はふっと一度視線を逸らすと大きく息を吐き、それから私を見下ろした。

「ではまず、市場だったか？」

「……？　はい」

眉間に深くしわをよせ、そう聞いてきた旦那様に私が頷くと、すっと腕を出してきた。エスコートするという事だろうか？

（え？　この手、取らなきゃだめ？）

「こっちだ。はやくしろ」

（駄目っぽい……）

躊躇していると、少しイラついたような旦那様の声がきこえ、仕方がないと手を乗せる。

「失礼いたします」

「君は他人行儀だな」

「申し訳ございません、慣れておりませんので」

一つ、軽く頭を下げると、旦那様は何が気に入らなかったのか気難しげに顔をしかめて歩き出した。

の、だが。

速度が速い。

（……え？　ちょっと？）

ちらっと見上げれば、旦那様は半歩前を歩く辺境伯家の侍従服を着た年若く背の高い淡い桃色の髪の男性と、話をしながら歩いている。

という事は、これが旦那様やその周りの方の平均歩行速度なのかもしれない。

（私という存在がいることはわかっていても、歩く速度までは気づかないのね。私も男性にエスコートされた街歩きなんて初めてだし……。この世界の男の方ってこんなにも足が速いのかしら……いいえ、コンパスの差？）

遅れないように早歩きで着いていきながら、私は旦那様の足元を見る。

（足、長いわねぇ……歩幅も大きいし）

私と旦那様、身長差はおそらく三十センチ以上ある。という事はそもそも足の長さが違い、歩幅が違う。だがそれに旦那様が気付く気配はない。

（競歩のイメージでいくしかないわ。ヒールじゃなくてよかった）

明日は絶対筋肉痛！　と思いつつ、旦那様たちについて必死に歩く。

領地の騎士団駐屯地の私たちが使用した門は、一本路地を入ったところにあるようで、それを潜り抜けると大通りらしき場所に出た。

「わ、ぁ！」

そこは美しい白磁の壁に黒い屋根、同じような建物が並び、それぞれの窓や軒先には、色とりどりの花が溢れんばかりに育っていて、その雰囲気が前世のテレビ番組で見た美しい外国の風景と重なる。

「きれい……みんな同じ屋根と壁だわ」

「僭越ながら、この町についてお教えしてもよろしゅうございますか？」

感動からつい声を上げてしまった私にそう声をかけてきたのは、先ほどから私たちの前を先導して歩いていた、辺境伯家の侍従服を着た薄桃色の髪の男性だった。

「貴方は……？」

「旦那様の専属執事をしております、ナハマスと申します」

「ナハマスさんね。是非教えていただけますか」

「奥様。私は辺境伯家にお仕えする身、敬称は必要ございません」

「わかりました。では、よろしくお願いします」

にこにこと柔和な笑顔を浮かべて、私に頭を下げてきたナハマスは、あちらを、と目の前にそびえたつ大きな建物を指し示してくれた。

「あちらに見えます美しい建物がこの町の中心。南方辺境伯モルファ家の別邸でございます。建築されたのは四代前の辺境伯家当主様で、大規模な魔物の強襲で街が壊滅寸前となった際、現在の街並みと大きな外壁を築かれました。領民を守るための大きく強固な外壁を、みなの復興の心を湧き立たせるような美しい街並みを大通りに据えたのです。このリ・アクアウムの街はそのようにして作られた街なのでございます」

「先代様の想いが形になった街なのですね」

「さようでございます。また、辺境伯邸正門の前には、女神像が建つ大きな噴水と公園がございまして、一年に一度、薔薇月三十一日には『女神の花祭り』と言われる祭りが開催されます」

「薔薇月って、来月じゃない！」

「さようです。モルファ領に糧と水源を与えてくださった女神様への感謝と、この辺境から女神様の元へ旅立った者たちへの鎮魂を祈り、さらなる豊穣と繁栄を願う大きな祭りです。現在この大通りは祭りの準備のため、このように花が植えられておりますが、普段は武骨で質実剛健と言われるこの町と住人が、女神を表す十二の花と魔法属性を表す五色の飾り紐で彩られ、他国から商人や見世物小屋が集まり、王都からも観光客が訪れるほどに華やかになるのです。

開催式典には奥様も旦那様と参加していただきますが、今年は奥様が嫁がれて初めての祭りになりますので、領民も様々な趣向を凝らしているようです。是非楽しみにしていてください」

「そうなのね、楽しみだわ」

淑女的な微笑みを浮かべながら、そんな大きなお祭りが辺境で開催されるという事に驚きつつ、これは私にとって最高のチャンス到来と拳を握った。

（その大きなお祭りで初回のバザーを開催できないかしら？　そうすれば大体的に宣伝ができるもの！　そうと決まれば、バザーで売るものは少し華やかな刺繍を増やしましょう。それから、菓子作りの講習を少し早めなきゃ）

残された期日から逆算し、日程をあぁでもない、こうでもないと頭の中で紐づけながら考えていた私は、足元に気を配るのを忘れてしまった。

「きゃっ！」

足元を石畳の段差にとられ、躓いた。

（こける！）

顔面からは行きたくない、と咄嗟に両手を前に出そうとしたのだが、その手が石畳にぶつかる事はなく、なぜか右の二の腕にズキズキと痛みが走る。

「……大丈夫か」

「あ、ありがとうございます」

自分の状況を確認すれば、旦那様が右の腕を掴んでくれたおかげで、みっともなく転ばずに済んだようで、そのまま腕を引っ張られ、地に足を付けた。

「気を付けろ、足元を見て歩け。怪我をするぞ」

私が自分の足で立ったところで腕から手を離した旦那様は、呆れたような顔でそう言ったが、不機嫌が隠しきれておらず、転びそうになったのがお気に召さないようだ。

「申し訳ございません」

私の不注意が原因だからと、素直に頭を下げ、謝罪する。

「大丈夫でございますか？　奥様」

「ええ、大丈夫よ、ごめんなさい。それよりお願いがあるのだけれど頑張ってついて歩くようにしていたのだけれども、やっぱり駄目みたい。少し歩く速度を落として貰えると助かるわ」

慌てたナハマスが、私に怪我がないか、心配し、確認してくれたためそうお願いをすると、あっという顔をした彼は深々と頭を下げた。

「奥様がご一緒なのに配慮が足らず、とんだご無礼を……」

「いいえ、普段女が付いて歩くことはないでしょうから当然です。私こそ、お役目の邪魔をしてごめんなさい」

気にしないでと謝るナハマスを気遣っていると、ずいっと目の前に旦那様の手がだされた。

「……旦那様？」

見上げれば先ほどよりますます不機嫌そうな旦那様のお顔がある
「手を」

「……失礼いたします」

嫌だなぁと思いながらその手を取ると、ナハマスの先導で再び歩き出す。

「歩くのが早いと、先に言えばいい」

「大切なお話をされていたようでしたので、ご遠慮したのですわ」

不機嫌そうな声色でそういう旦那様に、少なくともエスコートしている旦那様が気付くべきだし、お願いして『なぜだ』と聞かれるもの面倒くさかったので、とは言わずに微笑んでおいた。

それからは私のペースに合わせ、みなが歩いてくれた。

時折旦那様が私の方を見ていたのは何故なのかよくわからないが、無事、最初の目的地である市場の入り口にもなっている公園についた。

「これが噴水公園ね。美しいわ」

白い石で作られた巨大な噴水の中央で微笑む女神像と、広く美しい公園は、石畳も大通りの建物と同じ白い石が使われており、そこから六方向に大通りの道が広がっている。

「私どもが来た、街の正門である南の大通りから、正面は商店や学校などが並ぶ通りとなっており、お目当ての市場通りはその右隣です。ではさっそく参りましょう。旦那様は別邸に用向きがございますので、ここからは代わりの者がご案内いたします」

「えぇ、お願いするわ」

（やった、旦那様と別行動！）

ふふっと笑いながら、旦那様から手を離し、笑顔で頭を下げる。

「では、旦那様、失礼いた……」

「私も行く」

「え？」

旦那様の発言に、私を含め、頭を下げた全員は跳ねるように頭を上げ、旦那様の後ろにいる護衛は目を見開いている。

「旦那様も、ですか？」

いち早くその驚きから復帰した私が、目の前の旦那様に問いかけると、なんだ？　と言った不満げな顔で私を見る。

「嫌なのか？」

（はい！）

「いえ、そうではなく、御用事がおありなのでは？」

（いまのは私の聞き違いですよね？　そうですよね？）

本音が口からまろびでそうになるのを押しとどめて聞くと、いつもよりもさらに眉間にしわを寄せながら私を見下ろしてきた。

「いい。どうせくだらないことだ。それより、君が見るものに興味がある」

「そうですか……」

（お飾りの嫁の見るものに、何の興味が？）

困惑しながらも、差し出された旦那様の手を（しょうがなく）取る。

「では行こうか。」

「は、い……」

再び旦那様にエスコートされる形で、私は歩きだした。


「パンは一斤三百マキエ……トウモロコシはキロ六百マキエ……小麦はキロ平均三百五十マキエ……」

市場が開かれる通りに入ると、私は旦那様から少し離れ、売られている品を見る。

大きな通りの両端に連なる屋台風の店は、野菜や果物が山の様に積み上げられ、買い手は売り手に欲しい物と量を伝えると売り手が大きな秤で計測し、金と引き換えに商品を渡していて、おしゃれな朝市、といった感じだ。

野菜や果物はどれも色鮮やかだが、見栄えの良い物を王都に出荷しているためか、色味や形、大きさにばらつきはある。けれどどれも新鮮で安価だ。

（野菜果物が王都のほぼ半額！　前世でなじみある野菜や果物が多いけど、甘さ大きさは似ても似つかない……きっと原種に近いのだわ。それに……）

試食を受け取りながらちらりと隣の露店を見れば、小麦は山のように売られているが、小麦粉の状態のものが見当たらない。

（王都では小麦粉で売っていたけれど、自宅で脱穀、粉挽きできるのかしら？）

首をかしげながら、様々な小麦の束を眺めていると、店の端に見慣れた穀物が積み上げられているのに目が留まった。

（あ！）

「お米があるわ！」

「奥様はコメをご存知なのですか？」

種類の多い小麦に隠れた稲穂の前で足を止めた私に、ナハマスが感心したように言う。

「コメはこの辺境でも東の湿地帯にのみで生産する作物なので、王都には流通していないのですが、物知りでいらっしゃるのですね」

（しまった、それで王都で見たことがなかったのね）

まさか前世の主食でした、と言うわけにもいかず、すこし慌てて返答する。

「いいえ、植物図鑑で見て気になっていたの。これはどのように食べるの？」

「これは家畜用飼料ですね」

「かち……⁉」

おにぎりが食べられるかも！　とウキウキしながら聞くと、衝撃な答えが返ってきて、固まってしまった。

「実の部分は鶏に、稲藁は牧草の代わりに小さく刻んでつかうのですよ」

「まぁ……そう、なのね」

（お米が家畜の飼料ですって⁉　お米おいしいのに！　おにぎりとか！　米粉パンとか！　きりたんぽとか！　日本酒とか！　おいしいのに！　稲わらも優秀なのに！　これは許せない！）

ぜったい日本酒を作ろう、おにぎりを握ろう！　そして教会限定イートインで売る！　と心に決め、料理長と相談する項目としてメモを取りつつ、目的であった市場調査を終了した。

「いかがでしたか？　ご満足いただけたでしょうか」

「大満足よ。産地だけあって農産物は王都よりもかなり安めだけれど、生の海産物は手に入らない、逆に加工品や衣料品は王都の方が種類も多くて価格も安めだとわかったし、バザーの新商品のアイデアも浮かんだわ。ありがとう」

「それは良かったです。価格に関しては運搬料、通行税がかかる分、品物に上乗せになりますので、仕方がない部分もございます」

「通行税は領地によって違うものね、勉強になったわ」

そういったところは前世も今世も一緒だと考えながら、広場に戻ると、太陽は空高く上り、人通りは多く、様々な食べ物の屋台も出始めていた。

「わ、いい匂い……屋台が多くてにぎやかだわ」

「昼時はいつもこの通りですが、祭りになればさらに屋台が増えますよ。さぁ、たくさん歩かれたのでお腹もすかれたでしょう？　評判の良い料理店《レストラン》をご予約させていただいておりますので、ご案内いたします」

「あぁ」

「ありがとうございます」

（料理店かぁ……そうよね、さすがに旦那様に露天ものは食べさせられないものね）

再び旦那様にエスコートされながらに向かう途中も、いい匂いがあちらこちらから漂っている。

（いい匂い。あれは焼き肉串？　あっちはお菓子？　美味しそう）

「きゃっ」

物珍しさとおいしい匂いについ足が止まってしまい、ぐんっと、旦那様に手を引かれる形となった。

「ちゃんと前を見ろ」

「申し訳ございません、気を付けます」

「……」

私の不注意であったため素直に謝ったものの、この気難しい顔の旦那様と向かい合って食事をとるのかと思うと、一気に食欲が減退する。

（旦那様と別れてご飯を食べては駄目かしら？　あぁ、アルジと屋台めぐりがしたかったわ……）

「こちらです、どうぞお入りください」

次こそは絶対ばれずに出かけるんだから！　と決意したところで店に到着してしまい、私は旦那様にエスコートされたまま店内へ足を進めた。

# 〔三章〕 まったくもって、かみ合いません。

「君は、随分と歩くのが遅いのだな」

「はい？」

広い個室。

部屋の入り口や窓辺で護衛の方が警戒して職務をまっとうされている中で食事するのは非常に申し訳ない気持ちになるが、前菜からはじまったおいしい食事をいただき、食後のお茶と小さな菓子が運ばれたところで、店内に入ってから一言も言葉を発しなかった旦那様に真顔でそう言われ、私は茶を飲む手を止めた。

「歩く速度でございますか？」

酒の入ったグラスを手にした旦那様が私を見る。

「そうだ。ゆっくり歩くように指示をしていただろう。それに普段であれば視察にこれほど時間はかからない」

その言葉に、私は心の中で大きなため息をつく。

（あ～、はいはい。旦那様は自分の予定通りに進まなかったことに文句が言いたいのですね）

カップを置き、私は丁寧に旦那様に頭を下げる。

「私の足が遅い事でご迷惑をおかけしました。申し訳ございません」

「いや、謝ってほしいわけではない」

「それは申し訳ございません」

（じゃあ、なんなのよ）

悪態をつくわけにはいかず、もう一度頭を下げながら、どう対応するか考えていると、旦那様はグラスを置いた。

「そうではない。なぜ足が遅いのか気になっただけだ」

（その、人を馬鹿にした言い方どうにかしなさいよ！　あ、駄目。今の私はお貴族様だったわ）

旦那様の物言いにイラつきながら、私は淑女の微笑みを浮かべる。

「旦那様はそのお年まで、女性をエスコートなさったことはないのですか？」

（あ、嫌みになっちゃった）

問うてから気付きちらりと旦那様を見れば、気にした風もなく、ふむ、と腕を組んで顎に手をやり、少々考えている様子をみせてから言う。

「西の辺境伯に頼まれ、夜会で令嬢をエスコートした程度だな」

「では女性と町歩きをなさったことがないのですね」

その答えに、どう返答したものかと考える。

「旦那様は私をエスコートしてくださったとき、どう思われました？」

「どう、とは？」

「私は、旦那様は背高く、大きな方だと思い、エスコートの見栄えを考え、いつもより意識して背筋をのばし歩き、手の位置と歩幅を変えました」

「そう言う事か。では、小さいとは思ったな」

（思っただけかい！）

思い返しながら答える様子の旦那様に、心でツッコミを入れながら問う。

「小さい、でございますか？」

「あぁ。頭が随分下にあり、手も足も小さい。幼子かと思った」

「ではそう言う事でございます」

「なに？」

視線を私に向けた旦那様に、にっこりと微笑む。

「お気づきのとおり、私は比較的小柄です。逆に旦那様は恵まれた体格をなさっています。ですからすべてに大きな差があるのです。物をつかむ量も、一度に口に運ぶ食事量も、歩く速度も」

ティーカップを置き、笑みを深めた。

「ですから、私の歩く速度が遅いのではなく、私と旦那様、もともと違うだけ。旦那様の歩く速度では私は少し走るような状態になり、結果、足元がおろそかになり躓きました。

夜会で令嬢をエスコートしたとおっしゃいましたが、着飾った令嬢に合わせて、ゆっくり支えながら歩かれませんでしたか？　街歩きのエスコートも同じかと存じます」

「なるほど」

難しげな顔をしていた旦那様は納得したように一つ頷き、それから私に軽くではあるが頭を下げた。

「それは申し訳なかった」

それに慌てたのはこちらだ。

「い、いえ。ですから、これからの視察は……」

「以後気を付けるとしよう。それより君は甘いものが苦手か？　進んでいないようだが」

「いえ。いただきます」

（貴方と話していたからですよ！　それより今後って何ですか？　断り切れない社交だけよね？）

視察は別行動にしましょう！　と言おうとしたところ、旦那様はそう先に言い切られ、私は困惑しながらもデザートを食べ始めた。


食事を終え、店を出るとナハマスが頭を下げた。

「次は、図書館とのことでしたね」

「ええ、お願いします」

「では参りましょう。すぐ近くでございます」

再びナハマスに先導され、旦那様のエスコートで歩き出したのだが、その変化にはすぐ気が付いた。

(先ほどより歩きやすい)

旦那様を見上げれば、相変わらず眉間にしわを寄せ歩いているが、時折視線を私の足元に落とし、歩調を合わせてくれている。意外だと思いそのまま観察していると、目が合った。

(ここはお礼を言うべきよね)

しかたない、と笑みを浮かべ会釈する。

「先ほどより歩きやすいです。お心遣いありがとうございます」

「当たり前のことだ、礼など必要ない」

険しい顔で言った旦那様は、しかしふと表情を和らげた。

「私はこんなに遅く歩いたことがないから変な気持ちだ……そうか、君にはこの様に見えるのだな。悪くない」

嫌味の一つでも言われるかと思ったが、そのあとに続いた言葉に調子が狂う。

(旦那様は年齢の割に随分と幼い面があるのよね……刺々しくてモラハラで男尊女卑的かと思えば素直に謝ったり、意見を聞いて実行したり……。少しだけイメージが変わったわ。大嫌いだけど)

そう思いながら旦那様のエスコートで進み、たどり着いたのは街の中でもひときわ大きな建物の前だった。

「こちらでございます」

「随分と大きくて立派な建物ね」

この建物いっぱいに本が収納されているのかと思うと、蔵書数も期待できるだろうとドキドキしていると、ナハマスが説明をしてくれる。

「こちらはリ・アクアウムのすべての政を担う役場《ギルド》で、併設施設として書庫がございます」

促され中に入れば、前世の市役所のように、広くロビーや案内、受付が広がっている。

(全体に清掃もいきわたってきれい。けど書庫かぁ……役場併設の図書室と言った感じかしら？所蔵数は少なそうね。大きな町だから期待したのに残念だわ。お目当ての本はあるかしら？)

そう考えながら粛々と足を進める私たちに、みなが立ち止まり、頭を下げてくれる。

目と髪の色も変えているし、領主夫妻という触れ込みでないと思ったが、役場の中はどうやら違うようだ。

「お待ちしておりました」

私たちが奥に向かって歩いていると、一人の女性が頭を下げた。

領主夫妻と理解してあえて名を呼ばないという事は、ここに集まる領民に、そうとわからぬよう配慮してくれているのだろう。

「書庫へは私がご案内いたします。旦那様は役場長《ギルドマスター》がお待ちです。こちらへ」

「……あぁ」

「ありがとう、よろしくお願いしますね」

なんだか気乗りしない顔をした旦那様とナハマスが階段を上がって行ってしまったため、私は女性に誘導され書庫へ向かう。

少し歩くと、女性が古い扉の前で立ち止まり、こちらです、と扉を開いてくれた。頷き、護衛と共に足を踏み入れると、古い本の香りと共にそれらが詰まった本棚が目の前に現れた。

「わっ」

胸を高鳴らせながら、私は奥へと足を進める。

（蔵書数は一般的な公立学校の図書室程度。活用は……されていないみたい）

館内に自分たち以外の気配はなく、全体に少し埃をかぶっている様子に、ドンティス隊長の話を思い出す。

学校に通う子がいないという事は、この地で育った大人もそうだと予想がつく。と言う事は、ここで本を読む者はごく少数なのだろう。

（識字率の件も調べてみないと……学舎は子どもだけでなく、領民にも必要かもしれない。案内表示は……あった）

本棚の上の蔵書案内を見て医学・魔術の本棚を探して歩くと、お目当ての本棚は隣り合わせに設置されていた。

（この並び……もしかして医者って呪術師《シャーマン》レベル？）

不安を覚えつつ『医術入門』と書かれた本を手に取ると、薄く埃が積もった本は、今まで手に取った者がいないのか新品同様だった。

表紙をめくり目次を見る。人体とは、病気とは、瘴気による病とはなど、現代の医学生や看護学生が最初に読む入門書のようだ。

（前世の解剖生理学も病理学もぼんやり覚えているけど、この世界の医学を知るにはちょうどいいレベルね。じゃあこれとこれも……こちらも読みたいわ）

『病と療養』『薬草入門』『民間療法』『薬草大全』『人に害なす魔獣の病』『魔障の薬』など、役に立ちそうな題名を見つけては抱える中で、状態によって観察や支援ポイントを変える『看護』の本が一冊もないことに気が付いた。

（前世だと、基礎看護から始まり、成人一～五、老年、精神、小児、産婦人科と細分化されて、全部揃えたら十四冊二十万レベルだったわよ⁉ 看護雑誌だって毎月十種類以上は出ていたのに。そもそも看護の母ナイチン○ール先輩だって、ドイツの看護学校を卒業なさっているのに、この世界は看護が仕事として存在しない？ 騎士団医療班員がこの世界の看護師第一号になるってこと⁉）

その事実に動揺しながらさらに別の本に手を伸ばすと、抱えていた本がずるりと滑る。

「あ！」

「大丈夫ですか？　気付くのが遅れて申し訳ございません。お持ちいたします」

「ごめんなさい、ありがとう」

床に落ちる寸前に手をのばしてくれた護衛が、抱えていた本に手を伸ばす。

言葉に甘えて本を彼に渡すと、身軽になった私はまた、次々と背表紙を流し見、気になった表題の本を手に取り、中を確認する。

「『魔術の医学』？　魔術が医学へ転用できるって事かしら？」

書き出しを流し読むと、転用できるのではないか？　という内容のようだ。

（……読みたい）

ちらりと隣に立つ護衛を見れば、結構な数の本を抱えている。

（借りるのに冊数と期限に制限はあるかしら？　……これは諦めましょう）

そっと本を戻し、さらに背表紙を見定める中、一冊の本に手が止まった。

「『医学の魔術、魔術の医学　その関係性』？」

比較的新しい装丁の分厚い本を手に取る。

パラパラと流し読むだけでも、私が食いつくには十分な詳細な挿し絵と症例がのっているそれは、どうやら魔物の瘴気による傷病者を研究した本のようで、魔物による切り傷は止血しやすいが、魔障を取り除き手当をしないと患部は変色し腐り落ちたとか、魔障により体の動きが呪いの様に制限されたという記載もある。

（腐り落ちたとは感染症による壊死とは違うと言う事？　血は止まりやすいの？　動きを制限する呪いって麻痺の事？　リハビリ中の患者と同じ？）

わからなさすぎて疑問符がぐるぐると頭の中を飛び交う。

（これも借りましょう……）

その本を抱え、溜息をつく。

（医術だけでこれなら、魔術が入るとどうなるのだろう）

これまで、私は魔術に積極的に関わる機会がなかった。

魔道具自体がかなり高額なもので、扱うのは酒場兼宿屋にあった物と、自宅にあった明かりをともす粗悪品の魔道具くらいだ。

（そういえば、弟妹は魔力量が異常に高いってびっくりされたんだっけ）

学校に入った際に行われた魔術属性検査でそう言われたと、嬉しそうに帰って来たのを覚えている。

だが庶民の子は魔力暴走しないよう、日常使う魔道具を起動させられる程度以上の魔力を抑える魔道具の装着が義務化されており、魔力とは何なのか、どう使うのか、習うことはなく、弟妹も例外なく魔道具を装着された。

（あの耳飾り、取れないのよねぇ……）

耳に嵌められるイヤーカフ型のそれは、叩いても引っ張っても外れることはない。例外的にその魔道具を外され、魔術を扱う事を許される事例もあるが、それは貴族の目に留まり従僕になった時だけだ。

（つまり、魔力を自由に扱うのはお貴族の特権ということでしょう……金と権力と特権が大好きの青い血ね、本当に大嫌い！）

ふん！　と嫌な気持ちを本棚の端っこにぶつけてから、そばにあった大きな柱時計を見る。

「本も見繕ったし……旦那様の御用事も終わる頃合いかしら？　そろそろ戻りましょうか？」

護衛と共に本を抱え、図書館の入り口に戻ったところで、ナハマスと会えたのだが、彼は私と護衛が二人で抱えている本の量を見て目をまん丸くした。

「奥様、その本はどうなさるのでしょうか？」

「ちょうどよかったわ。この本、借りられるかしら？」

「え？　これをお借りになるのですか？」

「ええ。もしかして持ち出し禁止？」

そう思って聞いてみると、ナハマスは困った顔で案内してくれた女性を見るが、女性も困惑して首を振っている。

「確認してまいりますので、少々お待ちを……」

「その必要はない」

その声に、扉の方に向かおうとしたナハマスは足を止め、私は顔を向けた。

「旦那様」

「表題をすべて書き写し、元に戻せ」

「か……かしこまりました」

(は？　何を勝手に！　私は必要なんですけど⁉)

旦那様の命令に、私の顔色をうかがいながらもナハマスと護衛は手分けして表題を紙に書き取り、本棚へ返していく。

その一連の様子を見、私は旦那様の前に立った。

「旦那様」

「なんだ」

「私が読みたい本なのですが」

「わかっている」

「ではなぜ……」

「終わりました」

本を片付け終え、メモを手に帰ってきたナハマスに旦那様はそれを受け取って一読したあと、ナハマスに返した。

「購入の手筈を」

その言葉に私は驚く。

「こ、購入⁉」

「読みたいのだろう？　ならば買えばいい」

「し、しかし。よろしいのですか？　一冊、二冊ではありません」

「なにがだ？」

「本は高価です。これは私の我儘ですので無駄遣いは……」

「騎士団医療院運営のために必要ならばかまわない。商会に頼めば急ぎ持ってくるだろう」

さらりと言い切られたが、私には高価な本を大量に買うと言ったこともだが、それ以上に気になる事があった。

「旦那様は、医療院の事は反対なのではないのですか？」

「たしかに反対したな」

難しい顔のまま腕を組んだ旦那様は、私の方をちらりとも見ずに言う。

「しかし成果があれば私は認める。はかり切れない事柄も多いが、君があの状況から死者を一人しか出さず、さらにすでに復帰した者もいると報告を受けている。その結果への報償と思えばいい」

その言葉に、私はあっけにとられる。

（これは、旦那様なりに褒めているのかしら？）

『使えない駒は捨てて同然！』と、みなの前で言い切ったあの旦那様の言葉とは思えず、ひどく困惑しながらも、私は希望の光を見た気がした。

「それでは旦那様……」

『これまで貴方が踏みにじってきた多くの者たちに、頭を下げ、申し訳なかったと誠心誠意の謝罪をしてくださいますか？　私も辺境伯夫人として共に謝りますから』

　そう言ってみようと口を開く。

　しかし、次の瞬間、旦那様は表情も変えずに私の中にわずかに見えた『希望』を踏み潰した。

「私は、今回敗戦した部隊の者は誰一人、騎士として二度と使い物にならないだろうと思っていた。今までがそうだったからな。しかし君の慈善事業のお陰で多く戦える者が残った。無駄に手駒を減らさず済んだことへの評価だ。補填も容易ではないからな」

（手駒？　補填？）

　その言葉に、ザワリと全身が粟立つ。

（それは戦える駒が減らなくてよかったって事？　命を預けてくれている騎士様を駒扱いするの⁉　……いいえ、私が旦那様に対し陰性感情を持って聞いているだけでそんな深い意味はないかもしれない……あぁ、でも何だろう）

　ザラリとした違和感と嫌悪感。

　命を駒と言い切る旦那様に生理的嫌悪で鳥肌が立つ。

しかしここは騎士団ではなく領地の、しかも役場の中で、誰が聞いているかも、どこに誰の目があるかもわからない。

一つ、深く、静かに深呼吸をし、微笑む。

「私の力だけではありません。みなが頑張ってくれた結果です。褒章として有難くいただきますわ」

「あぁ、そうするがいい」

にっこり笑って頭を下げた私は、しかし掴んだワンピースの裾を力いっぱい握り絞め、声を絞り出す。

「ありがとう、ございます」

（怒りを隠せ！　微笑め！　こんなところで計画を頓挫させるわけにはいかないのだから！）

ぎりぎりと奥歯を噛みしめ、感情を押し殺し、微笑みを浮かべて顔をあげると、私とは逆に、表情を和らげている旦那様のエスコートを受けて役場を出た。

「あとは奥様のご希望の、医師を訪ねる事と教会への訪問でしょうか？」

「そのことなのだけれど、ナハマスはこの町の良いお医者様を知っている？　いつもかかるお医者様はあるかしら？」

私が問いかけてみると、彼は少し考えこんだ。

「私共辺境伯家の使用人とその家族は、有事には辺境伯家お抱えの侍医殿に診ていただいております。旦那様がお許しくださっていますので」

「まあ、旦那様はお優しいのですね」

(可能性すら失念していたけれど、辺境伯家の侍医がいるのね。けれど使用人と家族の受診を許しているなんて意外だわ)

ちらりと旦那様を見上げ、すぐに足元に視線を落とし、溜息をつく。

先ほどのような言葉を放った人がそんなことをするなんて心底意外だが、そういえばと思い返す。

旦那様のそばにいる人間で、負傷兵の扱いの件以外で旦那様の事を悪くいう人間はいない。それどころか、みな、とても慕っている様に見えるのだ。

(あぁいう点があっても、こうして時折見せる優しさがあるから見放せないという事かしら？　それってなんて卑屈な思考なの？　あ、行けない。また脱線しちゃった。今の話に集中……)

頭を振り、考えを整理しながらそれではと質問を変える。

「ではこの街で領民がよく通うお医者様はいらっしゃるかしら？」

「ありません」

(即答!?)

困惑する私にナハマスは教えてくれる。

「金のない者は医者にかかるのは難しいと思います。なにしろ謝礼が高額なのです。ですから病気の際は雑貨屋などにある安価な薬で対処します。医者に掛かれるのは裕福な商人か貴族のみ。医者もそれを解っていますから、法外な報酬を相手に臨みます。その前提で……」

ナハマスが指し示したのは大通りに面した建物の一つ。

「あちらはかなり腕の良いと評判の医者がいる治療院です。見学されますか？」

問われ、しめされた治療院をみていると、上品なお仕着せに身を包んだ人が入っていき、出るときには何やら小さな袋を持っている。

（基本は往診で、診察代を払いに医療院へ出向いたときに、薬を渡す仕組みかしら？）

人の出入りはさほど多くはないが、みな、身なりが良いことはわかる。

（辺境伯夫妻が訪ねれば、手放しで歓迎し見学させてくれるでしょうけど……）

少しの間、人の出入りを観察してから、私は首を振る。

「結構よ。私が思うような話はできないと思うから」

「思う話ができないとはなんだ」

私の答えに、今まで黙って聞いていた旦那様が問うてきた。煩わしいと思いつつ、私は頭を下げる。

「旦那様。ここに留まったままでは衆目を集めますので、教会まで歩きながら説明させていただきます。ナハマス、お願い」

「かしこまりました」

ナハマスの誘導で、教会へ向かい歩き出す。

「それで、先ほどの話だが」

旦那様からの問いかけに、私も従う。

「ナハマスの話から、あの治療院の医師は私が求める医療の提供はしてくれないだろうと判断したため断りました」

「なぜわかる」

「あの治療院では、患者の家に赴き診察し、医師が帰宅後、診察代を治療院へ支払いに来た時に薬を渡す形式をとっているのだと思います。そして出入りする者は、一見して仕立ての良いとわかる衣類を身につけていました。しかし前を通る住民は誰一人治療院を見向きしない……かかってみようか、聞いてみようかとすら思わないという事です。これは私の憶測ですが、あの治療院はもとより『平民お断り』なのではないかと」

「それがどうした」

「私が慈善事業として掲げるのは、騎士、領民が安心して受診することのできる、この地に根づく医療院の運営です。騎士団医療院を本部とし、この町にも医療院を立て、領民は無料で医療を受けられるようにと考えています。もちろん、私の慈善事業ですから、医師へ報酬は支払いますが、金で態度を変える人間には無理です」

「なぜだ?」

「報酬を貰えば、人目がないところでは手を抜いていい、下の身分の者には横柄にしてもいいと、業務に手を抜く者が多いからです」

「しかし、会ってみなければわからないだろう」

旦那様の問いに、私はうなずく。

「はい。ですがこのように侍従護衛を連れ病院に入れば、医師は私たちの本来の立場を知らないにしろ、裕福な家の者だと察し、媚びへつらい、いかに自分が腕の良い医者か知識をひけらかしながら、丁寧に診察してくれるでしょう。しかし庶民に対して同じく丁寧に診察するとは思えません。

お金は大切です。ですから地位や金銭に対して『態度』を変えるな、などと聖人君子のようなことは言いません。ですが『提供する医療』を金銭で変えるような者は、医師として信頼できません」

医者は清貧を！　などとは言わない。

命を診、預かると言う過酷で責任のある仕事に携わり、医師になるため、そして医師になってからも、常に研鑽を重ね、真摯に業務に従事する彼らの仕事は、人に感謝されることもあれば、憎まれ、罵られることも多い。

命を預かるとはそういう事で、それに見合った対価を受け取る権利が彼らにはある。

しかしだからこそ、業務に忠実であれと思う。

大金を積まれれば仕事をし、平民相手には顔も見ず邪険にする医者が王都には多かった。母も、現在の主治医に会うまでは、門前払いで水を掛けられたり（冷たかった）、パパ活を迫られたり（殴って逃げた）と、大変だったのだ。

「ですから、あの治療院に見学を申し込むのは時間の無駄だと思ったのです」

「なるほど」

黙って聞いていた旦那様は頷いた。

「君の言う事は的を射ている。君はよく人間を観察し、聡しく物事を判断するのだな。だが、地位ある者には冷徹なほど厳しい評価もするくせに、傷病者や持たぬ者には愚かしいほどに甘い。何故だ」

（他意はなさそうだけど、随分と棘がある言い方をなさるのね）

嫌味ではなく、ただ感心したように言った旦那様に、私は得体のしれない気持ち悪さを感じながらも穏やかに返答する。

「『位の高き者たちは社会の模範となるよう徳を積め《ノブレス・オブリージュ》』という言葉があります。富・権力を持つ者に女神様が課した義務の事です。しかしそれがなくとも、私には辛い状況にある者を見放し、さらなる鞭打つ真似はできません」

にこりと笑ってそう言えば、一瞬だけ苦虫を噛み潰したかのように眉間を寄せた旦那様は、すぐにいつもの表情に戻り、私を見た。

「戦場ではそんなことは言っておれん」

「私は戦場に出たことがございませんので、それについては言及できる立場にありません。ですが『非常時にはまず自分の身と命を守れ』という事は存じ上げておりますので、否定もしません」

そう、旦那様が言う事も、一理あるのは事実だ。

前世でも、震災や事故に遭遇した場合『まず自分の身を守れ。身の安全が確保されたところから、患者の安全を確保せよ』の大前提があったから、その点について旦那様を責めるつもりはない。

患者がどうでもいいという意味ではない。安全を疎かにすれば自分が患者になり、医療従事者が減る、そうなれば十分な医療を提供できなくなるため、そうならないよう、まずは自分の身を確保し、状況が落ち着いた時、素早く患者のために次の行動がとれるように備えろと言う意味だ。

そもそも命を懸ける戦場であれば、まず自分の身を護るのは何よりも当然だといえるだろう。

だが時として、人とは不思議なもので、頭では理解していても、体が、心がそれに反した行動をとる事もある。

(弟を守るために己を盾になさったお兄様のお気持ちを、旦那様はわかっていらっしゃるのかしら……?)

気が付かれぬように旦那様を見、視線を落として息を吐く。

家族の情愛。

それを受けたのに覚えていない、いや、忘れようとしているように見える旦那様に、それを理解できる日は来るのか。

（どうでもいいわ、他に被害が出なければ……）

「着きました、奥様」

ナハマスの声に顔をあげれば、そこは教会の大きな門の前だった。

表通りに面した場所に建つ教会は、建築基準に合わせ純白で美しい建物で、見上げるほど高い鐘楼塔の上には、教会のシンボルが掲げられている。

（きれい……ここに来るのは結婚式以来ね）

門をくぐり、開かれた扉の中に入れば、思い出されるのは結婚式の日の荘厳な光景……ではない。

初めて辺境伯領に足を踏み入れたあの日は、公爵家ご自慢の過剰な装飾の花嫁衣裳による身体的苦痛と、望まぬ貴族籍の復帰、顔も知らない人との結婚という心的苦痛と分厚いベールのせいで、淡い桃色にしか見えない真紅の絨毯の先にある女神像とその下に立つ教主様、新郎である旦那様以外、まったく覚えていないのだ。

（こんなに美しい内装だったのね）

真っ白な建材で天井も、床も、壁も作られた広い堂内は、装飾が美しい太い柱が等間隔に並び、中央のスペースには本日は縁に見事な刺繍のされた真紅の敷物が、その先の女神像へと誘うように敷かれている。

その両サイドには黒褐色の木材を台に真紅の生地が張られたチャーチベンチが整然と並べられ、前世の教会と比較して遜色ない美しさを呈している。

高いところに並ぶのは装飾窓《ステンドグラス》ではないが、かけられた薄いカーテンのお陰で日の光は淡く差し込んで室内を照らし、清楚でありながらも厳かといった雰囲気だ。

「素敵……」

私が美しさに目を奪われていると、女神像の下に置かれた祭壇の右隣にある黒い扉が開く音がし、この教会の主である教主様がこちらへ向かってこられた。

「お待ち申し上げておりました、領主様」

「久しぶりだな、教主殿」

「奥様もようこそおいでくださいました」

私たちを迎えてくださった壮年の教主様は、今日は楚々とした灰白色の修道士服に身を包み、穏やかに微笑んで頭を下げてくださった。

私も旦那様から手を離し、丁寧に礼をとった。

「結婚式では大変お世話になりました。本日の用向きは、騎士団に逗留中の神父様より聞き及んでいらっしゃるかと思いますが、是非、教主様にお願いいたしたいことがあり、訪ねさせていただきました」

「ええ、ええ。しっかり伺っております。なんと素晴らしいお考えをと感服しております。どうぞこちらへ。お話し合いの場には、厨房、孤児院、会計を管理する修道士の同席をお許しいただけますか？」

奥の部屋に私たちを促しながら微笑む教主様に、私も微笑み返す。

「もちろんですわ。私からお願いしたいくらいです」

そこまで言って、エスコートしてもらっていた手を離し、私は旦那様の方に体を向けた。

「それでは旦那様。私は慈善事業の話し合いがございますのでこちらで失礼させていただきます。旦那様は騎士団の執務にお戻りに……」

「いや」

（いや？）

ご挨拶をしようと思って頭を下げた私は、顔を上げた。

「同席する。慈善事業の話なのだろう？　確認する義務がある」

（やっと別れられると思ったのに。でも慈善事業が失敗すれば辺境伯家の名前に傷がつくと思ったら気が気じゃないから当然か……。ここで説明しておけば、あとで説明する手間も省けるからいいか……）

相変わらずの表情で同席を告げてきた旦那様に、私は今度こそ頭を下げる
「そうしていただけると、改めてお話しする必要がなくなりますので私も助かります。では、説明を聞いていただき、辺境伯家や騎士団に不都合な点や不明な点、良い案などがございましたら、

都度、指摘していただけますか？」

「わかった」

頭を上げにっこりと笑った私に、旦那様はそう答えた。


「では来月の女神の花祭りで、焼き菓子と教会の教えを刺繍した服飾小物を並べ、辺境伯夫人主催『領民のための無料医療院建設運営、並びに孤児院の処遇改善』と銘打ったバザーを行うというわけですな。そしてその収益を医療院開院運営と、孤児院の改善に充てると」

「さようです」

応接室にて。旦那様と教主様、男女四名の修道士、そして私が席につき、護衛騎士とナハマスがうしろに控えている状況で、机の上に並べられた品物や菓子の試作品を手に取りながら説明する。

「初回は顔見世と周知が大きな目的となります。もちろん収益があれば嬉しいですが。辺境伯家の慈善事業ですので、材料費などのバザーに掛かる金銭は私が負担、収益は材料や工賃分を貯蓄に回し、のこり半分を医療院と孤児院に使用します。原価分を貯蓄とするのは、二回目以降のバザーを運営するための蓄えとお考えください。もちろん、このような慈善事業をするにあたり、皆様にご協力を願うのですから、教会への寄進も定期的に行わせていただきます」

「これが、その試作品ですか」

「ええ、是非お手に取られ、品を見、味を見てください」

草案を読んでいた教主様が、その草案をほかの修道士に渡し、尋ねてきたため、私は目の前の試作品を手に取りながら説明する。

「この刺繍入りの手巾を『ハンカチ』、こちらの肩掛け布を『ショール』という名で販売します。こちらは『サシェ』。香りのよい花を乾燥させ詰めた匂い袋。こちらは掃除などの際、匂いや埃から鼻喉を守る『マスク』です。

菓子の方はこのような大きさにし、大きな物を二千マキエ、半分の物を千マキエ、一人分に小さく切り分けた物を一つ二百マキエで販売します。ブランデーケーキは酒精を使った大人のためのケーキですから、子が買えぬよう、やや高めの金額に設定します」

「なるほど」

今日のために騎士団の神父様、ブルー隊長、医療隊の隊員に試食してもらい、この世界の味覚に合わせ改良を重ねてできあがった二種類のケーキは、教主様、修道士の皆様はもちろん、ナハマスや護衛の騎士に好評を得た。

最初は訝しげな表情で食べるのを躊躇っていた旦那様も、感想はもらえなかったが、完食していたため気に入ったのだと判断する。

そのほか、香草の乾燥が間に合わず香水と脱脂綿を代用して作った『サシェ』や、手巾の縁取りに教会の教えに出てくる鳥や花、四隅に教会シンボルを刺繍した『ハンカチ』、よくある肩掛け布よりやや薄手の生地に、同じく花と鳥の縁取り、直角になった部分に教会シンボルと飾り文様を刺繍した『ショール』の試作品は女性の修道士に大変好評だった。

「いかがでしょう？　教会でこのような品を販売するのは可能でしょうか？」

教主様にそう伺えば、彼は穏やかに微笑んだ。

「教えには、教会で商売をしてはならないとはございません。何より領民のため無料医療院を建設し、孤児院の処遇改善を目的とした、辺境伯夫人の慈悲からなる事業です。わたくしに異論はなく、ぜひ協力させていただきたいと思っております。みなもそれで良いか？」

「はい」

修道士の皆様も、菓子・小物作成を教える辺境伯家の使用人派遣と、私による商品の品質確認を快く了承してくれた。

「しかし奥様、孤児院の処遇改善とは具体的にどうなさるおつもりですか？」

一人の女性修道士に問われ、私は頷く。

「まずは現状の把握と環境の改善を。そしてそこに孤児院の子だけでなく、この町の子どもたちのために昼食《ランチ》が出る学舎を併設したいと考えています」

「昼食が出る学舎、ですか？」

「ええ。そこでは読み書きやマナー、それから料理や刺繍……いずれは専門の知識や技術を教えてあげられたらと考えています」

私の言葉に、修道士たちは首を傾げる。

「読み書きができれば良いことの方が多いでしょうが、知識と技術とは？」

「努力して何か技術を習得し、それを自らの手で他者へ売り、売り上げを手にするという商売の仕組み、言葉を覚え、働けば稼げ、貯めればほしいものが手に入るという正しいお金の使い方を知ってほしいのです。そうすれば、他人に騙されること、正しい道から外れることも予防でき、そしていつか孤児院という大人たちに守られた、しかし閉鎖的な環境から社会へ出るその時、この一連の経験が役に立つでしょう？」

丁寧に答えると、一番端にいらっしゃった女性の修道士が首を傾げられた。

「学舎を作る理由についてはよくわかりました。しかし学舎で昼食を出す事に何の理由があるのですか？」

「それはもちろん、人集めのためですわ」

「人集め？」

みんなが繰り返した言葉に、私は頷く。

「モルファ領の子どもたちは、働き手として学校に行かず仕事をしている者が多いと耳にしました。そんな子にせめて読み書きを教えたいと考え、思いついたのが昼食です。学舎へ行けば勉強もでき、昼食が食べられる。親はその一食分、食費が浮きます。であれば、その時間だけでも学舎へ通わせてもいいと考えてくれる親はいるでしょう。そしてそれが口伝で伝わればその母数は増える。子は読み書きを覚え、友人ができ、それはきっと将来の地盤になる。

あぁそれと、昼食は栄養価の高い物を、そして三時にはおやつも提供しましょう。そうすれば子は長く学舎に居られる。通う子にお休みが続けば家庭で何かあったのかと異変を察知することもできます」

私がそう説明すれば、みなが興味深く聞き、頷き、賛同してくれた。

その様子にうまく行ったとほっとしていると、私の目の前に腕が伸びた。

「どれもよく考えられているな」

それまで私の横でただ黙って聞いていた旦那様が、突然、ハンカチやショールを手に取り見分を始めた。

「感心した。ジョゼフが言っていたことは正しかったようだ」

旦那様が褒めた。その事に驚いた私は、その後、続いた言葉にさらに驚いた。

「そのバザーの警護は騎士団が取り仕切る。草案を見せてもらってもいいか？」

「え？　はい、どうぞ」

私の手元に戻った草案を差し出しながら、私は恐る恐る確認をする。

「あの、旦那様。お申し出は大変にありがたいのですが、よろしいのですか？」

「なにがだ？」

視線を動かし草案に目を通す旦那様に問う。

「騎士団がバザーの警護という話です」

「かまわん」

草案から目を離さないまま、旦那様は話を続ける。

「もともと祭りの警護は毎年一部隊が担う事になっているが、近年、入り込む小物が多く問題になっている。例年、祭りの前後は魔物の発生も少なく、現在は国境付近で懸念される案件もない事から、今年は警護に九番隊も加わる事が決まった。配置される騎士の数は例年の倍になる。その中の一班を教会の警護にあてがうくらい問題ない。そのバザーの設営運営も楽になるだろう」

そう言いながら読み終わった草案を出した旦那様は、じっと私を見る。

「草案のまとめ方も悪くない。君はこういった事に携わった事があるのか？」

「おほめ頂き光栄ですが、養父の領地運営の書類整理を手伝った程度ですわ」

前世で患者勉強会の企画運営をしていました！　なんて言えるわけがないので、当たり障りない答えを返すと、旦那様はそうか、と頷いた。

「どおりでな。しかし設営については一言いいか」

「なんでしょう？」

「バザーは教会の中で、騎士体験は教会の敷地内、表通りからわかりやすい場所でやる方がいい」

旦那様が出してきた言葉に首をかしげる。

「なぜ騎士体験の話をご存知なのですか？　草案に記載はありませんが」

「君がチェリーバに話したのだろう？　自分の隊でやりたいと言ってきたが？」

「な、るほど……」

　あの時、涙し、いたく感動はしていたが、まさか自ら動くとは思わなかった。

（恐るべき行動力、さすが忠犬！）

　呆気にとられるとともに納得していると、旦那様は続ける。

「一班三十人が騎士体験に入る。それをうまく配置して、教会内の警護を。ブルーと話し合え。ただし、必ず教会の門扉の外にも警護は置け」

「それは何故ですか？」

　私の問いに、みなが身を乗り出すように、旦那様の話を聞く。

「花祭りには他領から観光者が多く訪れる。それに紛れ、先ほども言ったように破落戸《ごろつき》や他国の間者も入り込むすきを狙っている。そんな中、嫁入りしたばかりの辺境伯夫人が慈善事業で催しを行うと知れれば、それらは必ず目をつける。君が関わっていると言うことで、その場に懐に金を持った者が集まるとわかりきっているし、場所は祈りの場である教会だ。腕の立つ者に身を守らせるのが常の商人や貴族に比べ、力の弱い神職者や子が扱う『売上金』に目をつける輩もいるだろうが、何より君の身柄自体が金になる。場と人命を守るためにも、バザーは警備を厚くした教会内で、教会の敷地内で騎士体験を行い警護も兼ねる。こうすれば下手な破落戸は怖気づいて近づかない」

「なるほど」

たしかにそうだとみんなが納得したように頷く中、私は自分の浅慮を反省する。

（強盗、スリ、身代金目的で誘拐……少し考えたらわかるのに、バザーを開きたい一心で目先の事に囚われ、警護や安全性にまで思いつかなかったわ）

「私の考えが及びませんでした。良き案をありがとうございます、旦那様」

私が頭を下げると、旦那様は私から顔をそらした。

「君はそう言う事に関しては素人だろう、気が回らなくて当然だ。当日の警護体制について、騎士団も様々な形で力を入れている。それでもその目をかいくぐろうとする者が多い。だが、君が発案した騎士体験を大々的に行うことで、正装の騎士を長時間、様々な場に配置する事ができる。騎士がいるという視覚効果は軽犯罪を抑止し、間者の動きを鈍くする。それに、ただ難しい顔をして警護するだけより、子どもを相手にしている方が騎士たちも退屈もしなくて済む。体験を通して騎士団入隊志願者が増える可能性もあるとなれば、騎士団の利にしかならない。君が感謝することではない」

難しい顔をしてそういう旦那様に、私は首を振る。

「それでも、感謝申し上げますわ」

「……好きにしろ」

こちらを見ずそう言った旦那様に、私はもう一度頭を下げた。

（すこしだけ見直したわ。旦那様は意味のわからない暴論を振りかざすだけかと思ったけれど、領地領民のため、騎士様のために心を割く余裕があるのね。でもじゃぁなんであんな極論を？）

心の内で思い切り首を捻りながら旦那様から草案を受け取ると、教主様や修道士の方を向いた。

「それでは、辺境伯家使用人が製菓、刺繍の指導に参りますので、よろしくお願いします。なにかご要望などございましたら遠慮なくお聞かせくださいね」

「かしこまりました」

修道士は私と旦那様に頭を下げて、声をそろえてそう言われ、この日の話し合いは終了したのだった。

## 四章　握り潰した噂の火種と、仰天スクラブ

リ・アクアウムからの帰り道。

馬車の中、往路と同じく旦那様の対角線に座った私はただ静かに窓の外を見ていた。

時折、感じる旦那様の視線を、絶対に気のせいだと思い込むため、ひたすら窓の外を見続けていた、のだが。

「ネオン嬢」

はっきりと名を呼ばれ、私は観念することになった。

（あ～、気のせいじゃなかった。ほっといてほしかったのに……）

「どうかなさいましたか？」

気付かれぬよう小さくため息をついてからそちらを向くと、旦那様はトントン、とご自身がかけている眼鏡を指先で叩いた。

「疲れないのか？　色変《こ》えの魔道具《れ》は非常に魔力を消耗するのだが」

「え？」

なんのことかと悩んでいると、旦那様は溜息をつき、おもむろに付けている眼鏡と指輪を外す。

途端、するすると髪は夕焼け色に、瞳は黒く戻るのを見て、そういえば自分もそれを着けている

のだと思いだした。

「そう言われれば、少々疲れているかもしれません」

眼鏡と指輪を外し旦那様にお返しすると、受け取った旦那様はコートの内側に入れていたケースにそれを入れ、元の場所に戻す。

「貴重なものをお貸しくださりありがとうございます。目立たずにすみました……快適すぎて、あのままでもよかったくらいですが」

柔らかな栗色から派手な虹の髪に戻ったのを確認し、つい漏れた恨み言に、はっとして口元を軽く抑え、頭を下げた。

「余計なことを。失礼しました」

「いや、かまわない。だが、何故だ？」

「何故、とは？」

「朝もそのような事を言っていたが、その髪と瞳は公爵家の誇りだろう？」

その言葉にザラリと巻き起こる黒い感情を顔に出さないようにしながらも、いまさら理由を隠す必要はないだろうと、私は髪をつまみ、旦那様に見せた。

「栗色の髪、青い瞳である方がよほど幸せです。厄災しか引き寄せないこの髪と目は、私を公爵《あの》家に縛りつける枷でしかありません」

放るように髪から手を離し、笑う。

「空を見上げては、あの色に染まればいいのにと何度も願っていましたわ」

「そうか」

自嘲めいたようにそう言えば、眉間に深いしわをよせた旦那様は顔を背けてしまった。

（しゃべりすぎてご機嫌を損ねてしまったかしら？　屋敷までまだ長いのに）

参ったなと思いながら、旦那様に向かって静かに頭を下げる。

「お気に障ったのでしたら申し訳ございま……」

「私は、君の髪を美しいと思っている」

「……え？」

「君の髪によく似た花がある。昔、兄上と共に北の辺境伯領へ行った時の事だ」

驚いて顔を上げた私の謝罪の言葉を遮るように、旦那様はこちらも見ずそう言い、さらに珍しい事に、私が話す隙も無いほどに、口早に言葉を続ける。

「夕方の散歩で私は可憐な花を見つけた。白く小さな花だ。幼心に目を奪われた私は、家で帰りを待つ母上にそれを見せたくて、従者に持って帰りたいとねだった。しかしそれは無理だと言われた。寒い地方でしか咲かない花だからだ」

「……そう、なのですか？」

窓の外を見たまま話す旦那様に、私は戸惑いながら相槌を打つ。

「あぁ。しかし私は諦められなかった。翌日の早朝、兄上と鍛錬を行ったあとで前日に見つけたのと同じ場所を必死に探した。しかし白い花の代わりに咲いていたのは、朝日を浴びて虹色に光る硝子細工のような花だった。同じ場所なのにどうして花が入れ変わったのか、そしてその美しい花は何なのか。私には理解できず、ただその美しさに目を奪われ、日が昇り切るまでずっと見ていた。

朝食の席に現われない私を探してやって来た兄上と北の辺境伯の息子が『お前の見ている花が、昨日の花だ』と教えてくれるまで、それがあの心奪われた小さな白い花だとはわからなかったのだ。

花の名前は『サンカヨウ』。朝露に濡れると白い花弁は透き通り、光を浴びて虹色に見えるのだと教えてもらった。結局その花を持って帰る事ができなかったが、私は何度も母上にその話しをした。いつか一緒に見ようと約束をした。叶う事はなかったがな」

「さようですか」

一体何の話を聞かされているのだろうと思いながらもその話に耳を傾け頷く私に、旦那様は先ほど仕舞ったはずのケースを取り出すと目の前に突き出した。

「君がその髪のせいで苦労した事はわかった。たしかに不便も多いだろう。これは君にやる。亡き母上の物だ、好きに使うがいい。だがその髪は、朝露を含み、虹を放つあの花の様でとても美しいと私は思う。母上も見たがっていた、雪国の美しい花の色だ。だから、嫌ってやるな」

そう言われ、あまりにも予想外な出来事に戸惑う事しかできず、目の前に突き出されたケースに戸惑う。

「あ、あの……」

「いらないのか」

何かを言わなければ、けど何を？　と言葉を探していると、旦那様がケースを再び突き出してきたため、つい反射的に受け取った。

「大切に、使わせていただきます」

「あぁ」

（なんでこんなことになっているのかしら？）

いろいろと感情が追い付かないまま、私は魔道具のケースを見つめた。

魔道具のやり取りあとはお互い？　なんとなくそのまま無言となり、ただ窓の外を見続け、屋敷に到着する頃には身も心もくたくただった。

馬車が止まり、侍従が扉を開けたところで、何故か旦那様の手を借りて馬車を降りた私は、そのまま本宅に誘導されている事で、何かおかしいことに気が付いた。

（ん？　なんで本宅？）

すでに目の前には本宅の扉が開いていて、いつもの使用人が満面の笑顔で待ち構えている。

（いやいやいやいや、なにこの状況⁉）

朝はまんまと嵌められたとはいえ、無事に辺境伯夫人としての視察を終えた今、これ以上旦那様に関わりたくなかった私は、その場で足を止め、旦那様から手を離した。

「どうした？」

そんな私を振り返り、平然とした顔でそう言った旦那様に、しっかりと美しいカーテシーを取る。

「本日は領地視察にお連れ頂き感謝いたします。慣れない視察で大変に疲れておりますので、ここで失礼いたします。おやすみなさいませ」

定型の言葉を言い切り、私は旦那様の顔を見ないまま急ぎ踵を返す。

「お、奥様！　お待ちくださいませ！」

声を上げ、なぜか私を止めようとする家令、侍女長、侍従侍女に振り返らず叫ぶ。

「私の住居は離れよ！　契約違反です！　おいかけてこないで！」

そのまま、何か言われているのも無視して全力疾走で私の愛する離れにたどり付いた時には、全身びっしょりと汗をかき、息も絶え絶えで、いろんな意味で疲労困憊だった。

「ネオン様！　どうなさったのですか⁉」

「ただいま。ちょっとだけ一人にしてもらえる？　疲れたから休みたいの」

（ワンピースで良かった……）

出迎えてくれた侍女に、息も絶え絶えにそう伝えると、そのままふらふらと二階の最奥にある寝室に入り、鍵を閉め、歩きざまに靴を脱ぎ、帽子と鞄を投げ捨てると、すぅっと息を吸ってから、可愛いベッドに大の字で飛び込んだ。

「うあぁぁぁぁあ！　疲れたぁぁぁぁぁぁ！」

飛び込んだベッドの上、手繰り寄せた枕に顔を埋め、じたばたと手足を動かし、休日接待反対、謀《はかりごと》反対、セクハラパワハラ禁止、本宅禁止！　と腹から声を絞り出し、そのままパタリと脱力すると、お天道様に干された寝具の良い香りに包まれ、ようやく一息つけた。

「ふわふわでサラサラ……いい香り。ランドリーメイドさん、いいお仕事してる……お布団最高……」

酒場兼宿屋で働いていた時、大きなシーツを洗って干すのがどれだけ大変か身に染みてわかっているからこそ、素直に感心し、心底癒されつつ、今日を振り返れば、たくさん歩き、たくさん考え、たくさん気を遣い、最後に全力疾走したなぁと、走馬灯のように思い出される。

「駄目、走馬灯、まだ生きる……疲れた……明日から仕事……お風呂とご飯……面倒くさい……でもさっぱりはしたい……」

枕に顔を埋めながら、久しぶりの自室、一人で過ごす居心地の良さ、ふかふかベッドのありがたさを堪能し、起きたくない、でも起きなきゃという葛藤を口に出して足掻いていると、遠慮がちに扉を叩く音がした。

（自堕落とお別れのきっかけが来たわ）

「ど～ぞ～」

身支度の世話をするために侍女が来たのだろうと、間延びした返事をすると、鍵を開ける音が聞こえ、誰かが入ってきた気配がした。

「失礼いたします、ネオン様。そろそろ入浴を……どうなさったのですか！」

「アルジ！」

聞きなれた声に飛びあがると、侍女のお仕着せに身を包み、セービングカートを押したアルジも、真っ青な顔でこちらに駆け寄って来た。

「体調が優れませんか？　すぐお医者様を……」

「違う、違うの。疲れていたから横になっただけよ」

「そうなのですか？　あぁ、よかった……では、疲れが取れるお茶をお持ちしましたので、こちらへどうぞ」

「ありがとう」

ほっとした表情になったアルジはセービングカートを押して窓辺に私を呼んでくれたため、のろのろと起き上がり、窓辺近くのカウチソファに座ると、すぐに蜂蜜たっぷりのミルクティーが出された。

「あぁ、おいしい。癒される～」

甘い湯気を吸い、甘いお茶を飲んで息をつく。

「それはようございました。飲み終わられましたら湯の準備ができておりますのでそちらに。シーツは新しいものに変えておきますね。お夕飯はあっさりとした軽食に変えてもらっておりますので、しっかり疲れを取ってください」

「ありがとう、アルジ。それにしても、今日はどうしてついてきてくれなかったの？　それにその恰好。今日はお休みなのになぜお仕着せなの？」

つい恨み言を呟くと、アルジは困ったように眉を下げた。

「それについては本当に申し訳ございません。夜勤明けで戻ったところ侍女長に捕まり事の子細を聞かれ、あのようなことに……。お休みは、ネオン様がお出かけの間にしっかりお休みをいただきましたので、ご安心ください」

てきぱきと、化粧したまま寝転がってしまったために汚れたシーツを剥ぎ、床に脱ぎ散らかした靴や、放り投げた帽子や鞄を片付け始めたアルジに対し、私はお茶を飲みながらさらに愚痴を吐く。

「お休みの事はわかったけど、やっぱり私はアルジと行きたかったわ。屋台の肉串おいしそうだったし、お菓子も食べたかったもの」

「あら、ネオン様？　お小遣いもありましたし、旦那様と昼食をおとりになったのでしょう？　リ・アクアウムでも一番の人気店ですよ？」

「買い食いする暇はなかったし、お料理は美味しかったかもしれないけど、旦那様と一緒だもの。味なんかわからなかったわ」

ため息交じりの私の言葉にアルジは困ったように笑いながら、放った拍子に蓋の開いてしまった鞄を拾い上げ、あら、と声を上げた。

「ネオン様、こちらは？」

アルジが見せてくれたそれに、私はしまった！　とケースを受け取ると、中を確認した。

「良かった、壊れてないわ」

ほっと胸をなでおろした私に、アルジが首をかしげる。

「眼鏡と指輪でございますか？　美しい細工物でございますが、このような物をお持ちでしたか？」

「たしかにきれいな細工ね」

気が付かなかったが、眼鏡の蔓の部分や指輪の石の周囲には美しく繊細な彫刻が施されている。

「これは目と髪の色を変える魔道具よ。私のそれは目立つからと、旦那様がお借しくださって、そのままいただいたのよ。お母様の物だと聞いていたのに、忘れて鞄ごと投げてしまったわ。壊れてなくてよかった」

形見を壊したとなれば、何言われるかわからない。

心底安堵しながらケースの蓋を閉め、二度と放り出さないようベッドの横にあるチェストの一番上の引き出しに入れて振り返ると、何故か目をキラキラさせたアルジがこちらを見ている。

「どうかした？」

「もしかして、あの旦那様からの、初めての贈り物ですか⁉」

（……ん？　贈り物？）

その表現に私は首を傾げ、訂正する。

「いいえ違うわ。個人的には貸与だと思っているわ」

「しかし、あの旦那様が自らくださったのでしょう⁉」

目はキラキラと瞳孔が開き、頬は紅潮し、ずいっと身を乗り出したアルジに、私は溜息をつく。

（あぁ、誤解しているわ……まったく、年頃のお嬢さんは恋愛話《こいバナ》が好きねぇ）

面倒臭いと思いながら、私はそれを訂正する。

「違うわ。これは街を歩く時、そうと知られないようにお借りした物よ。お返しする際につい、私が髪の色が目立って困ると言ったら、たしかに目立つなと下賜《かし》してくださっただけ。アルジが期待するような話ではないわ」

かなり端折《はしょ》って話をしたが、アルジの目はさらに恋する乙女の様に煌めき、もっと話を聞かせてほしいと表情で語る。

「旦那様がネオン様に贈り物！　しかもそれがお母様の形見だなんて！　そんな大切なものを奥様に⁉　素敵ですわ！」

「素敵じゃないわ、アルジ。現実を見て」

胸の前で手を組み、恋する乙女の様に興奮し、そう言ったアルジに噂の火種の気配を察した私は、彼女の両肩を掴んだ。

「よく聞いてちょうだい。私と旦那様は絶対にそういう関係にならない。貴女は見て知っているでしょう？　結婚直後に別居し、三月《みつき》ぶりに顔を合わせたと思ったらあの罵倒合戦。今日も、家令や侍女長に騙されて旦那様と外出したけど、本当なら貴女と町歩きするはずだったのよ。確かに良い話し合いはできたけれど、それ以外、本当に何もないわ」

少し強い口調でそう言えば、アルジは大きな瞳でクル……クル……と天井を見……はっとした顔をして私を見た。

「確かに！　何かあるわけがありません！　これほど素晴らしい奥様を娶りながらあの物言い！　どれだけみんなが悔しい思いをしたか！　旦那様が改心なさらない限り、何もありませんね！」

改心してもなにもないけどね！　とは言わず、私は頷きながらアルジに、さらに言い聞かす。

「そのとおりよ。でも先ほども言ったとおり、医療院や慈善事業は良い方向に進みそうだから、その点だけはとっても疲れたけれど、よかったわ」

「それはようございました。ではそろそろ、湯あみを致しましょう」

「ええ、そうするわ」

（アルジが、噂好きの侍女やメイドの大好物的『運命の恋』最高！　とかいう思考にならなくてよかった）

火種の鎮火に安心した途端、どっと疲れを感じたため、アルジに言われた通り浴室へ向かうと、いつも通り一人で湯の張られた浴槽に浸かってさっぱりし、料理長が腕を振るった軽めの食事と甘めのお酒を美味しくお腹に収め、ほろ酔い気分のまま、きれいに整えられたベッドで最高の眠りについた。

だからまさか、本宅で魔道具が足りませんがどうかされましたか？　という家令の問いに、事実を忠実に説明した旦那様がいて、そばにいた侍女から噂が発火、大炎上を始めていたなんて、これっぽっちも思っていなかった。

「おはよう、みんな」

久しぶりに辺境伯家の離れからアルジと共に馬車に乗ると、しばらくの歓談のあと、医療院の近くで馬車を下ろしてもらい、医療院へ入った。

「おはようございます、隊長」

各持ち場や、資材庫で仕事を始めていた隊員が私に気付き、頭を下げる。

「おはよう。では朝礼を始めましょう」

私のあいさつで皆が集まり朝礼を始めるのだが、見渡せばすでに今日行う処置の準備や清拭《せいしき》・陰部洗浄の用意が終わっていて、その現状が私の頭を少し悩ませる。

私が始業時間に遅刻したわけではない、みんなの出勤が異常に早いのだ。

社畜か？　と疑いたくなる始業一時間前に始まっている準備。これは早期に止めないと悪習慣になると考えながら、休暇を取っている者以外の医療隊とリハビリのために医療院で働く騎士様、全員が集まったのを確認し、声をかける。

「昨日はお休みをありがとう。変わりはなかった？」

「はい、隊長」

「どうぞ、ガラ」

手を上げたのは、隊長補佐官であることを示す濃紺の腕章のついた補佐官服を身に着けたガラだ。

——そう、ガラは私の補佐官になった。

当初、騎士団から補佐官を派遣すると言われたが、その役職にガラを起用することで、一度放逐された医療隊物資班の隊員を騎士団へ復帰させるきっかけになるのでは？　と考えて本部へ申し出、無事承認された。

結果、ガラを含む医療隊物資班十人は、『医療隊に雇われている元騎士』でなく、正式に南方辺境伯騎士団へ再入隊を果たした。

とはいっても、騎士として戦いに赴くことはできないため、ガラ以外は補助騎士としての採用で、隊服はもっとも下位の騎士の着るものと同じ淡い青、支払われる給料も少ないが、正式な騎士団員として身元を保証された。

この決定で一番の成果は、旦那様――辺境伯騎士団団長の目から隠れる必要がなくなったことだ。みな、食堂等の騎士団関連施設に堂々と出入りできるようになり、不安と怯えから解消され、表情も明るくなった。

（再雇用、喜んでくれてよかった）

うんうん、とその結果に安堵しながら、ガラを見る。

「なにかしら？」

「隊長が帰宅されたあと、ドンティス隊長より病衣と仕事着の試作品が届きました。執務室へ届けてありますのでご確認ください。変更点、改善点があれば言ってほしい、なければこれで発注をかけるとの伝言でございます。

また、工事が進んでおりました医療院の横の厨房が完成いたしましたので、本日から第二厨房舎として正式に稼働。これに伴い、勤務中の十番隊隊員はそちらで食事を取るようにとの事です。隊長には、調理人の配置と病院食の配膳と運用について、第二厨房舎長から視察願いが来ています」

「わかりました、あとで確認に行きます」

「伝えておきます。それから裁縫士の方から『夜会用のドレスを作られることがございましたら、是非！　私共にお任せください、国一番のドレスを作ってごらんにいれます！』との伝言です」

「そ、そう」

妙に力の入った伝言に、そんな予定ありませんよ？　と思いつつ問いかける。

「心得ておくわ。えぇと、ほかにはないかしら？」

「あぁ、大切なことを。鍛冶場の親方より、隊長から発注のあった焼却炉、本日より使用できますと伝言です」

「まぁ、本当に⁉」

その報告に、私は嬉しくて手を合わせた。

親方に頼んでいたのは、昔々、学校裏などによくあった形の焼却炉で、体液などで汚染され再利用できない包帯などの医療廃棄物を、安全に焼却処分するため、作成をお願いしていたのだ。

医療院から指定の焼却場所は遠く、かといって汚染・感染物を持ち歩きたくないため許可を取って厨房用と治療院用、別々に設置してもらったのだ。

「休暇前にお願いしたのにもう作ってくださったのね、ありがたいわ。朝の状態確認が終わったら、厨房、焼却炉の順に見て回ります。それが終わったら試作品も見ておくわ」

「ではそのように各所へ伝達をしておきます」

「お願いします。ほかにはないかしら？」

「では看護班から」

頭を下げたガラの次に手を上げたのは看護班のシルバーだ。

「どうぞ、シルバー。今日は夜勤明けね、お疲れ様」

「ありがとうございます。隊長がご不在の間の記録です」

頷いたシルバーは、不在の間の出来事を書いた紙と、患者のカルテを出した。

「隊長の夜勤明けから今日の朝まで、患者に大きな変化はありません。ただ自分でトイレに行く練習がしたいと申し出があります。こちらに関しましては隊長に確認してからにしましょうと説明をし、了承を得ていますのでご確認お願いします」

「わかりました。朝の状態観察の時に一緒に行うわ。」

「あ、そうだ。隊長」

「はい？」

思い出したかのように手を上げたのは、看護班員のクーリーだ
「昨日、夕刻、ガラさんが帰られてから副団長がおいでになられました。医療隊へ移動希望の隊員の件で、改めて本日伺うと」

「移動希望？」

医療班の活動が認められた気がして、私は素直に喜ぶ。

「もし適性があるようであればお願いしたいわ。今は落ち着いているけれど、ひとたび何かが起きれば大変になるもの。ガラ、申し訳ないけれど、カルヴァ隊長とドンティス隊長に面会ができるか調整をお願いできるかしら」

「承知しました」

「ありがとう」

ガラが頷いたのを確認し、私はみんなを見回す。

「ほかは特にないかしら？　では今日も患者様を優先に、安全に仕事をしましょう。困った事、悩み事、何かあったら相談してね。それと、来月リ・アクアウムで行われる女神の花祭りについて、協力をお願いすることがあるかもしれません。また相談させてください。では、今日も一日よろしくお願いします」

「お願いします！」

その言葉を合図に、みな自分の持ち場に帰っていく。

「ではネオン様、私もおそばを離れますね」

「ええ。今日もよろしくお願いね、アルジ」

頭を下げて清拭の用意を始めた看護班員のもとに向かうアルジの背中を見送りながら、私も清拭に入る準備に取り掛かりつつ、考える。

（隊員の補充も見込めそうだし、いつまでもアルジの厚意に甘えていては駄目よね。本来の業務に戻してあげないと……今日、帰りながらでも話してみましょう）

彼女が医療院からいなくなるのは寂しい気もするが、本来の仕事からかけ離れた仕事、しかもあのブラック激務をさせてしまった事を反省し、感謝する。

（報奨も必要よね……うん、それは帰ってから相談しましょう。さ、頭を切り替えて、お休みの間の情報収集よ！）

気を取り直し、渡された看護記録にざっと目を通す。

患者四人の看護記録には、食事量、排泄回数に排泄量の目安、傷の状態、患者本人の発言が、基本は簡潔明瞭に、大切なところは詳細に記載されている。

（受傷後十五日目。まだ無理できる状況ではないけれど、屋外のトイレまで自分で、か……両脚はご無事だから、まず体を動かしていただいて、様子を見ながら許可を出すか考えよう。右腕、肩からの欠損。腕一本の重さを考えると、まずは歩くときバランスをとるのに苦労するでしょうね）

片方の腕の重さは、全体重の六～七％だったと記憶している。

体重八十キロであれば大体五キロ程度だが、その重さや動きを失うと、ヤジロベエではないけれど、人はバランスを崩し、転倒しやすくなる。

いずれ否が応でも慣れるとはいえ、利き腕を失った事で、今後日常生活で苦労することは明らかだ。

現在残っている重傷者四名のうち三名は、腕や足の一部が欠損しており、騎士としての復帰は絶望的で、特に足のない方は、腕のそれより日常生活が困難になる。

物資班の中にいる同様の身体損傷を持つ者は、普通の杖を二本使って歩き、壁に体を押し付け、バランスを取りながら階段を上り下りしている。それは彼の長年の努力が実を結んだ結果ではあるものの、階段から転落してしまうのではないかと、そばで見守る者は気が気ではない。

（もう少し生活の質《QOL》を上げる方法はないかしら。リハビリも、私では生活の最低限を手助けする程度しか教えられないし……。理学療法士《PT》さん、相談すれば的確な助言をくれたわよね……本当にありがたかったぁ）

しみじみと、機能回復病棟や整形外来にいた時の事を思い出す。

前世の病院では、病気の回復に応じて医師が理学療法処方箋（施設によって名称は異なる）を出す。すると理学療法士（国家資格！）が、患者の年齢、性別、骨格、筋肉等々、本人の状況に合わせ、一番効果的な機能回復・機能保持のプログラムを組み、松葉づえなど、適切な自助具を選定してくれる。

例えば骨折し手術をした人に対し、『何％までなら体重をかけても良い』と医師が許可を出すと、その範囲内で安全な歩き方を教えつつ、筋力保持のリハビリを行うといった具合だ。

義手、義足などの装具に関しても、創部が完治したのち、義肢装具士（こちらも国家資格！）が丁寧に型取りをして義肢を仮作成し、そのあとは相談しながら丁寧に微調整を繰り返し、本作成して譲渡するのだが、そうして作り上げたあとも、老いや日常活動による筋肉量の変化に合わせ、定期的にメンテナンスを必要とする、とてもデリケートなものなのだ。

こうして一人で様々なことを始めると、当時どれだけ多職種に助けられていたか理解し、病院という環境が、様々な専門家《プロフェッショナル》がそれぞれに知恵や経験、最新技術を駆使しながら、協力しあい患者を支える場だったかを痛感する。
（自助具の間違えた使い方はかえって状況を悪くするから、まず自分が見て使った事のある物、車椅子に歩行器、それから杖の改良を……床への設置点をしっかりと支えられる四点杖《よんてんづえ》くらいなら浅学でも使っていいかしら？　そもそも看護学校卒業程度の知識と二十余年の実務経験、それから普通に生活する上ではまったく必要ない雑学の知識しかないへっぽこ看護師一人では限界があるって……あぁ！　機能回復のプロからご意見いただきたい！　転生者カモンッ！）

　と、そこまで考えてはっとする。

「あぁ、だめだめ！　ないものねだりもマイナス思考も禁止！」

　ぱちん、と自分の頬を両手で軽く叩いた私は、気を取り直すと渡された書類をトントンと丁寧にまとめた。

「さて、まずは清拭と処置！　それから病衣と看護着の確認と、各部署への報連相！　よし、頑張るぞ！」

　気合を入れ、隊員たちと共に毎朝の処置と清拭を終えた私は、朝礼で報告にあった『一人でトイレに行きたい』という患者とまずは話しをすることにした。

　医療提供の基本、医療従事者からの十分な説明と患者による同意《インフォームドコンセント》を遵守するためだ。

（離床ねぇ……これはもう、後回しにはできないわ……）

　前世では、手術内容により差はあれど、ほぼすべての術後で様々な観点から早期離床が強く推奨されていた。それを知っていて進めなかったのは、自分が医師ではないため『診断』ができず、いざというときに対処できない事と、情報不足でわからないことが多かった事、そして前世の記憶にはない『魔障』がどのように作用をするかがわからなかったからだ。

そのため、医療院で初めて離床する重傷患者に対し、私は自分の知識の範囲の中の事を噛み砕きながら『失われてしまった腕の話』から始まり、『腕がないために、全体のバランスが崩れている事』『大量の出血を伴う大きな怪我と魔障からの回復中であり、いまだ万全の体調ではない事』『体力も筋力も落ち、自分で思うよりもずっと体が弱っている事』『そのために眩暈《めまい》やふらつきなどをおこしやすく、転倒しやすい事』をできる範囲で説明した。

その上で、『人に手を借りるのは恥ずかしいから自分一人でトイレに行きたい、足が大丈夫だから何とかなる』と本人が強く希望したため、まずはベッドの端に座った端座位で休憩を取り、そのあとゆっくり起立してみると言うことで合意した。

「では、まずゆっくり座りましょう。急に起き上がる事で眩暈が起こりやすくなりますから」

「大丈夫だ。傷口が痛いだけで体は何ともない」

「おまちください、あぶな……！」

介助する私の腕を振り払い、彼は仰臥位《あおむけ》から一気に体を起こすと、ベッドから足を下ろし、そのまま一度も休憩を入れることなく、立ち上がった。

「ほら、何ともない！　心配しす……ぎ……え？」

一人立ち上がった彼は、強い口調でそう言ったところで、ぐらりと大きく体を揺らしはじめ、瞬きを繰り返し、膝から崩れ落ちるように倒れ込んだ。

「大丈夫か?」

そんな彼が怪我をしないよう後ろから支えたのは、後方支援をお願いしていたミクロスで、よろめく彼の体を両手でしっかりと保持すると、慎重にベッドの端に座らせ、横たわらせると、枕を取り除き、足を高くする。

「……ぐぅ……」

「吐き気がありますか?」

「……すこ、し、いや、大丈夫、だ」

「無理は行けません」

「……できると、思ったのに……」

残った方の手でシーツを頭からかぶってしまった患者に、私は声をかける。

「気に病まないでください。これが当たり前なのです。星が散るような眩暈がしませんでしたか? 今まで寝て過ごしていた方が急に立ち上がると、全身の血液が下へ下がってしまい、一時的に脳への酸素の供給が減って眩暈をおこすのです。

自分で、と願う気持ちはわかります。ですが、病んだ体は急には回復しません。無理をしては駄目なのです。まずベッドの端に座る練習から始めましょう。それに慣れてきたら食事をとる練習を。食事が最後まで食べられるようになったら、昼間は隊員とトイレへ。それに慣れたら夜間も共にトイレに行く練習をしましょう。先ほどの様に眩暈を起こし倒れ、新たに怪我をしたり、体調を崩すようなことがあってはベッドへ逆戻りです。段階を踏みながら、急がずゆっくり慣らしませんか？」

穏やかに、語り掛けるように説明すると、ギリッと歯が軋む音が聞こえ、しばらくののち、大きなため息と共に『わかりました』と声が聞こえた。

「少し、ゆっくり休んでくださいね」

そう声をかけそばを離れた私は、周りにいた看護班員に本人には聞こえない声で『しばらくはそっとしておくように』と指示を出し静観することにした。

彼が今、心の中に抱えている感情は決して私たちにはわからないし、どうしようもないのだ。

（気持ちに折り合いをつける時間が必要だもの）

怪我が落ち着いても食事をとれなかった患者を思い出す。

食事を受け付けなかった彼らは、このままでは衰弱するしかないという状態だった。しかし、両親又は妻子から家へ連れて帰りたいと相談を受け、怪我の手当てに通院するという約束のもと、自宅に帰す事にした。

帰ってからもしばらくは何も喉を通らなかったと言うが、それでも家族と散歩に出て、休み、食べられずとも共に食卓を囲むことで、徐々にではあるが食事がとれるようになり、現在はみな、騎士団へ復帰している。

もっと長くかかるかと思っていたが、前世とここでは元々死生観が違う。

この世界は前世で暮らしている時より戦や魔物の出現、風土病など、死の存在が近いところにある。そしてその脅威から身を守るのは、自分自身だという意識が、生きる道へと彼らを進ませたのだろう。

前世の安全神話などは、この世界では夢物語で、そう考えれば、早期の復帰も当然だと思う。

（何とかの生理的欲求ね。しょせんは机上のなんとかだと思っていたけれど、まさにその通り……。こういう、こちらの世界の感覚に頼らざる得ない考え方は、肉親に辛酸を口に捻じ込まれたネオン《わたし》の経験と記憶が役に立つ……か。でもせめて、辺境伯領の子どもにくらいは、暖かい寝床で安心して眠り、空腹で泣くことの無い世界を与えてあげたいわ）

やりきれない気持ちにため息をつきながら、私はみんなに声をかけると医療院を出、改築されたばかりの厨房へ向かった。

そこはすでに昼食作りが始まり、活気に満ち溢れていた。騎士団、辺境伯家の料理人たちの手際の良さとアイデアに驚きながら、見学させてもらった食堂と厨房の変貌に感動し、その上で、新しい病人食、そして新たな菓子のレシピを渡して試作をお願いし、厨房をあとにした。

その後は鍛冶場にむかい、親方に会うと、焼却炉を案内してもらい（これに関しては前世の焼却炉よりはるかによくできていてびっくりした）さらに、車椅子や数種類の杖、それから飲料水用濾過《ろか》装置の相談をしてから親方と別れ、医療院の執務室で、溜まった書類や仕事を始める。

「これがほぼ完成品の病衣と仕事着ね」

テーブルの上に置かれたそれを手に取る。

「まずは病衣。柔らかい綿、合わせと紐の位置も大丈夫。腰は紐で絞れて頑丈。大きさは男性用三サイズ。うん、よくできているわ」

前世の病院で使っていた『甚平タイプ』と『浴衣タイプ』を模した二種類の病衣は、布地の柔らかさも通気性もよく、縫製もしっかりしていて、色は爽やかな淡い緑に、襟元と裾にサイズを見分けるために濃い赤、青、緑の三色の差し色を入れてもらってある。

しわになりにくい生地と、衣類用の平ゴムがあればさらに良かったのだが、こればかりはしょうがない。

「病衣は完璧。次は私たちの仕事着……こちらの問題はやはり伸縮性ね」

それに関しては裁縫士にお願いし、いま手に入るすべての生地を見せてもらったが、伸縮性のあるニットやジャージ、スエット素材はなかった。

作るか？　とも思ったが、織布の知識も時間もないため、いつか開発しようと今回は諦め、いまあるもので着心地と動きやすさを重視し工夫を重ねた。

南方辺境伯領は、その名の通り国の南に位置し、一年を通して温暖で冬でも雪が降らないカラッとした気候のため、気持ちよく仕事ができるよう、通気性が良く頑丈な糸と、吸汗性と肌触りの良い糸、その両方を使った生地を採用し、上着は前世のスクラブ同様、首回りは窮屈さを感じないVネックで袖は水仕事の際にいちいち袖まくりの必要のない五分丈。下に穿くパンツは、少しゆったりしたカーゴパンツ風で、腰回りは病衣と同じく紐で調整し、膝や腰回りにタックを大目に入れ、関節の曲げ伸ばしに支障がないようにしたのだ。

上下とも辺境伯騎士団の旗色である濃紺で、サイズは男性用で五種類。騎士様だけにマッチョ……いえ、筋肉質の人が多いからだ。

「うん、完璧。そうだわ、物資班のみんなにも、明るい色で職種によって色違いのスクラブを支給してもいいわ。ただその場合、ボタンでは着用しにくいからなにか……ん？」

最高の出来にご機嫌になり、スクラブの肩を持ち、しわを伸ばすようにパンパンとしたところで、ひらりと見えた背中に『なにか』が見えた気がしてひっくり返して愕然とした。

「なにこれ！　ちょっと待って、こんな注文してないわよ？」

スクラブの背面いっぱいに、これはスカジャンか特攻服かと言わんばかりの、手の込んだド派手な刺繍が輝いていたのだ。

「……えぇぇぇぇ……」

「失礼します、どうかなさいましたか？　隊長」

あまりのことに動揺していると、ちょうど執務室の前を通りかかりらしいエンゼが、開けっ放しの扉の横の壁をコンコンと叩いて、顔をのぞかせた。

「エンゼ⁉　ごめんなさい。実はこの刺繍……っ」

「あぁ、それは南方辺境伯騎士団の紋章です。かっこいいですね、騎士団の紋章を背負って働くなんて！」

「いや、ないから！」

「え？」

つい、出てしまった前世の口調に目をまん丸くさせたエンゼを見、慌てて口を押さえると、気を取り直しながら私は彼に微笑んだ。

「教えてくれてありがとう。これは南方辺境伯騎士団の紋章なのね。しかしこれでは刺繍糸で背中がごわついて働きづらいわ」

「あぁ確かに。ですがすべての隊服にも刺繍は入っておりますよ。この紋章は騎士団の旗印として国王陛下から授けられた誇りだそうですから」

当たり前のように言うエンゼに、私は呆然としながらも、隊服にもそういえば腕のところに小さくあったな、と思い返す。

「なるほど……では隊服と同じく、左の肩口に小さく入れてもらうようにしましょう？　これではすこし大きすぎるわ」

「それもそうですね。しかしこれ、隊服より身軽でかっこいいですし、嬉しいです。あ、そうだ。副団長と九番隊隊長の御都合がついたとガラさんが探していましたよ」

「それは良かったわ。紋章の事も教えてくれてありがとう」

「いいえ、失礼します」

いい笑顔のまま腰を折ってエンゼが出ていったあと、私はもう一度、背中いっぱいの刺繍を見た。

大きな銀の盾の真ん中で咆哮する金獅子の横顔。背景は赤と黒の市松で塗りつぶされ、盾のうしろには剣が三本重なり、これを銀獅子二頭が立ち上がって支える……とか。

「まじか。これ、かっこいいのか……」

つい、前世の口調が出てしまう。

(中二病か……)

がっくりと肩を落としてため息をついたところにガラがやってきて、今日であれば私の都合でいつでもどうぞとの事です、と言われたため、手にしたスクラブをきれいに折りたたみ、病衣と共に抱えると、私はそのまま騎士団本部へ向かって医療院をあとにした。

# 五章　あれこれ押し付け、お断りです！

医療院から歩く事、十分あまり。

しっかりとした石造りの南方辺境伯騎士団本部に入ると、そこは広い吹き抜けと大きな階段があるエントランスとなっている。

その階段を上らず、右手に伸びる廊下に進むとすぐに『第九番隊・受付』と書かれた札のつけられた、扉を解放された部屋があり、中を覗くと妙に懐かしさを感じた。

（前世に戻ったみたい）

そう思うのも無理はない。そこには前世の総務課を思わせる光景が広がっていたのだ。

第九番隊は騎士団の物品管理や会計など、総務・経理に相当する業務を担当しているため、騎士団本部を訪れる賓客や商人を対象に受付や案内も行っている。そのため、室内に入ると受付があり、その奥には机が並び、隊服の騎士たちが仕事をしている。

扉の横を軽く叩いてから中に入り、すぐそばの案内用窓口に近づくと、一番近くの机に座り、ペンを走らせていた男性が立ち上がり、笑顔で近づいて来た。

「あの……」

「ネオン十番隊隊長でいらっしゃいますね」

「ええ、そうです。あの……」

「すぐ隊長をお呼びしますので、少々お待ちください」

「え？　はい」

まだ何も言っていないというのに、あまりにスムーズな対応で驚いていると、男性は急《せ》くように部屋の最奥にある扉の向こうへ消えてゆき、何やら声が聞こえたと思ったら、すぐにドンティス隊長が現れた。

満面の笑みで。

（何の笑顔ですか⁉）

戸惑う私に対し、ドンティス隊長は受付から出ると紳士の礼をとる。

「お待ち申し上げておりましたぞ、ネオン隊長。お忙しい中、このむさくるしい本部によくお越しくださいました」

その言葉に、その場にいた隊員たちも一斉に立ち上がり、腰を九十度に折って声を上げる。

「いらっしゃいませ！　ネオン隊長！」

（まって、なにこれ、超怖い……）

隊長の笑顔と九番隊員全員からの歓迎の挨拶に身震いしながら、私は動揺を隠して静かに会釈する。

「突然の訪問、申し訳ありません。先日、隊長自らがスクラブと病衣を届けてくださったと聞き、お礼に参りました」

（あの悪趣味な刺繍の件もありますけどね！）

腹の中で苦情申し立てながらも頭を上げて微笑むと、ドンティス隊長は受付横の小さな扉を開けた。

「ほかならぬネオン隊長の頼みなのですから当然です。それより、ここは狭いでしょう。どうぞこちらへ。珍しい茶と菓子を取り寄せたのです」

（私のためにわざわざ茶と菓子を取り寄せたのですか⁉　いえ、これは誘われるままに奥に入ったら危険！　失礼だけどここで終わらせなくては！）

にこにこと満面の笑みのドンティス隊長相手に瞬時にそう判断した私は、笑顔で首を振った。

「お心遣いありがとうございます。とても魅力的なお申し出ですが、ドンティス隊長は御多忙と伺っております。私も当日のお約束で来てしまいましたし、別の用向きもございますので、またの機会に甘えさせていただきますわ」

「む、う……そうですか、さようですか」

そう言うと、一気に声が小さくなったドンティス隊長に、私は慌てて腕に抱えた病衣とスクラブを受付に広げた。

「それよりこちら、本当に素晴らしい出来で。私、嬉しくて、直接感動をお伝えしたくてまいりましたの」

少し大げさに告げると、落ち込んだ表情から一転、破顔したドンティス隊長。

「気に入っていただけましたか！」

と、嬉々として頷き、食いついてきた。

（えぇ？　こんなことでここまでにこやかになるんですか？）

ドンティス隊長はもっとこう厳しめで紳士の印象なのだけど……と隊員の皆様をみれば、全員、満面の笑みでこちらを暖かく見守っていて、ますます困惑するしかないが、話を進めるために意識を戻す。

「えぇ、本当に出来が良く、驚きました」

「そうですか、そうですか！　病衣はもちろん、作業着……すくらぶ？　でしたかな。脱ぎ着しやすく動きやすい、あれは会心のできだと裁縫士も言っておりました。それに！　おぉ、これだこれだ！」

と、私が言い出す前にドンティス隊長から自慢げに言ってくれました、あれの話を。

「まずは隊長用にと誂えた我が辺境伯騎士団の紋章を刺繍した特注品。裁縫士の中で最も刺繍を得意とする者が、三日三晩寝ずに刺した至高の一品！　これを皆で背負い仕事する様は、まさに圧巻でしょうなぁ！」

高らかに笑いながら、それを見せつけるように広げ、満足げに頷くドンティス隊長に、つい引いてしまう。

（この中二センスは貴方だったのですね……）

しかし、ここでひいてはこの方の思うつぼ！　それは避けたいと、うふふと微笑む。

「もちろん拝見しました。病衣は完璧ですので、三十着ずつ発注をお願いいたします。それからこのスクラブですが、少々お願いがございますの」

隊長が広げるスクラブの、刺繍がされた面の裏側を見せ、エンゼに話した気になる点の改善を指摘してみる。

（怒られるかしら？）

内心ひやひやしながら様子をうかがっていると、ドンティス隊長は少し驚いた顔をし、スクラブの裏に手を添わせた。

「なるほど。この紋章を背負い、先陣を切って業務に当たられる我らがネオン隊長を拝見したく作成したのですが、確かに布が厚く硬くなっておりますな。あのような慈悲の上に成り立つ業務にわずかにでも障りがある装飾は確かに不要……いや、しかしこの紋章の刺繍は大変良くできていて……」

と、ド派手な紋章が不採用となったことに怒るどころか、私の言い分に納得し、明らかに意気消沈して、声どころかお姿までどんどん小さくなる。

そんなドンティス隊長に少々申し訳ないと思いつつ、これもまた仕方なし、と困ったように微笑みながら次の反応を待っていると、視界の隅に何かちらちらと見えた。

（……ん？）

あまりにもちらちらとしていて、気になりそちらに視線をやると、ドンティス隊長のはるか後方で、九番隊の隊員たちが青い顔で何かを身振り手振りで訴えてくる。

（え？　なに？　……隊長、服、掲げて、大喜び？　ガッツポーズ？　祈る……いえ、崇めるかしら？　あぁ！　本当に完成を喜んでいたのね？　それで落ち込んで、このままじゃ仕事にならないから何とかしてほしい、と？）

必死な形相の隊員の懇願に内心、頭を抱えた私は、しかたない、女は度胸だ！　とこぶしを握ると、うまくいくよう祈りながら、目の前で意気消沈したままのドンティス隊長に声をかける。

「ではドンティス隊長。私はこれで失礼いたしますが、よろしければこちらのスクラブ、いただいてもよろしいですか？」

言葉を聞いたドンティス隊長はぱっと顔を上げたが、とても微妙な顔をしている。

「それは構いませんが……しかし、これでは業務に差し障るのでしょう？」

がっくりと肩を落としているドンティス隊長に、私は渾身の笑みを浮かべる。

「えぇ、残念ながら看護業務を行うには適していません。ですがこのように素晴らしい刺繍入りの制服を、ドンティス隊長が自ら私のために用意してくださったのですもの。こちらは普段、私の執務室に飾らせていただき、人前に出る業務、例えば見学者に医療院をご案内する際など、隊長服の代わりに着させていただきます。このスクラブであれば、最高の広報になりますでしょう？」

ね、と渾身の可憐な微笑みを浮かべ首をかしげる。

（うまくいけ！）

この場にいる者たちの願いが通じたのだろうか。

「そ、それは！　しばらく！　しばらくお待ちください！」

先ほどのそれよりさらに破顔したドンティス隊長は、カウンターに広げていたスクラブをきれいにたたむと、びっくりする身のこなしで一度執務室に戻り、小さな花束と菓子の箱を持って現れ、それらを私の腕に乗せた。

「その際はぜひ、ご着用ください！　なに、御身の警護は九番隊が命をかけて勤めましょう！　今からその日が楽しみですな！　あぁ、こちらは僅かですが、お持ちください。先ほど話した珍しい菓子です。お口に合うと嬉しいですな」

「まぁ、ありがとうございます。隊長として頑張りますので、その時は、よろしくお願いいたします」

「もちろんです。以前も申し上げました通り、奥様のためならば粉骨砕身、お仕えしますぞ！」

「ふふ、大袈裟ですわ」

（心底気持ちが重すぎます〜）

先ほどまでの沈痛な雰囲気はどこへやら、最高の笑顔で私に話してくれるドンティス隊長の背後で、隊員たちも水飲み鳥の様に何度も頭を下げて、中には拝むようにして私に感謝の意を伝えてきている。

（あれはどういう意味合いかしら？　私まで中二病みたいにみられるのは嫌だけど……これからの円滑な人間関係の構築のためにも、作ってくださった方のためにも、皆様の胃の健康のためにも、ここは折れておきましょう。しかし菓子折りはまだしも、なぜ花束まで？）

あまり考えたくないが、花束にも、スクラブにも罪はない。

（大きさとデザインに問題はあれど、こんなに丁寧に美しく刺してくれた方にも敬意を払わなきゃ。騎士団の紋章と言う事で威厳も見せつけられるし、派手な私が派手な服を着れば本当の意味で客寄せになるし、そしてドンティス隊長も隊員の方も喜んでるし。あ、バザーで着ようかしら？　売り上げや体験者が増えれば一石二鳥だわ）

ふっと肩の力を抜いて、私は微笑む。

「それでは私はこれで失礼いたします。それと、失礼ですがカルヴァ隊長がどちらにいらっしゃるかご存じですか？」

ドンティス隊長に頭を下げ尋ねると、彼はおや？　と言った顔をして言った。

「ネオン隊長はアミア坊に用がおありか。それなら私が案内しましょう。ちょうど私も用向きがありますからな」

（ア、アミア坊？　あの貴公子然とされた方を、坊？）

気にはなるものの、あえて触れずに微笑む。

「隊長自らよろしいのですか？」

「是非、私にネオン隊長をエスコートする栄誉をお与えください」

「光栄です。では皆様、失礼いたします」

微笑み、エスコートを申し出てくれたドンティス隊長を腕に手を乗せると、隊員の皆様ににっこり微笑み、お礼を言って退出し（視界の端にものすごい勢いで皆さんが頭を下げたのは見えなかったものとする）私はドンティス隊長と共に、中央階段を上がり二階左側の廊下を歩いた。

（歩きやすい……エスコートが何たるかをわかっておいでなのだわ）

先日の旦那様のそれとの差に驚きつつ歩いていると、道すがら、ほかの隊員が私たちの姿に驚き、廊下の端に寄り深く頭を下げる。

「頭を下げられていますが、挨拶は必要ですか？」

そっと確認すると、先ほどと違い威厳に満ち、近づきがたい雰囲気を醸し出すドンティス隊長は視線を動かさないまま小さな声で教えてくれる。

「不要です。ネオン隊長は軍部に不慣れでしょうが、例えるならば屋敷と一緒とお思いになればいい。騎士の彼らは使用人ではございません。しかし上官を敬い、頭を下げることも規律、統制を守る一端。騎士団の中でネオン隊長の話はすでに様々な形で浸透しております。女性であることを揶揄する輩もおりましょうが、貴方はここでは我らと同じ一隊長であり辺境伯夫人。前を向き、胸を張って歩かれればよろしい」

（あぁ、良くも悪くも噂が広まっているのね）

女で、辺境伯夫人で、突然現れ隊長になったという経緯と微妙な立場を改めて思い出し、頷く。

「ご教授いただき感謝いたします。皆様の足枷にならぬよう、努力しますわ」

私が静かにそう告げると、ふっと笑う声が聞こえた。

「心配は不要です。そのような輩は見つけ次第、私とチェリーバで締め上げておりますから」

「え？」

「いや、耳汚しを。そう言えば、スクラブは一人五枚支給でしたかな？」

不穏な言葉を聞いた気がしたが、質問の方が大切だと思ったため私は頷いた。

「はい。処置で汚れる事が多く洗い替えが必要ですから」

「かしこまりました。紋章刺繍は肩口とし、病衣の件も含め、できるだけ早く納品させるように伝えておきましょう。色違いのスクラブも」

「ありがとうございます。乗馬服や隊服では少々動きにくいですから」

軽く頭を下げて感謝を伝えたところで、ここです、と立ち止まったドンティス隊長は『副団長執務室』とプレートのかかった扉を叩く。

すぐに中から声が聞こえ、扉が内側から開くと、ドンティス隊長は遠慮なく中に入っていく。

もちろんエスコートされている私も共に入る。

「相変わらず忙しそうだな、アミア坊」

「坊はおやめくださいとあれほど。しかしいつも忙しく、常日頃、お前が出向けとおっしゃる貴方が、今日はなにゆえにお出でに？」

「それは、な」

「ごきげんよう、カルヴァ隊長」

ドンティス隊長の陰からそっと顔を出すと、カルヴァ隊長はひどく驚いた顔をし、声を上げた。

「これは、ネオン隊長！　なぜシノ隊長と？」

「それはな、私がお誘いしたからだ」

企みがうまくいった、いたずらっ子のような顔で笑ったドンティス隊長にお礼を言って手を離すと、ゆっくりと礼を取る。

「昨日わざわざ医療院にお出でくださったとの事、ありがとうございます。お話を伺いにまいりましたわ」

「隊員の件ですね。早い方が良いと伺ったのですが、逆に御足労をおかけしてしまいました。どうぞソファへ。今、用意いたします。君、お茶を」

「はい」

誘われ、ドンティス隊長と共にソファへ腰を下ろすと、カルヴァ隊長の補佐官がお茶を出してくれた。

それを頂きながら待っていると、カルヴァ隊長も書類を手に腰を下ろす。

「こちらが医療隊へ配属希望の騎士の調査報告書となります。通常であれば入隊時に身元調査はしますので、所属部隊移動の際には比較的柔軟に対応していました。しかし今回は辺境伯夫人であるネオン隊長の医療隊への移動希望という事で審査を厳しくしました。もとより医療隊はこれまでの経緯から手探りでの運営を余儀なくされていますので、身元調査以外にも、人柄の聞き取り、本人の面談を行い選びました。ご希望には到底足りぬ人数ではありますが、ご確認ください」

「拝見します」

受け取った書類には、聞いた通り騎士団のみならず居住地での聞き取り、本人の移動に対する志望動機が記載されており、丁寧にそれに目を走らせる。

（ウィス・テリア『医療班の仕事を間近で見、真に必要な仕事だと身をもって感じて志願』この間まで入院していた方だわ。病床にいる間もとても穏やかで実直な方だった。アペニーパ・ファー『兄は亡くなりましたが、母は奥様の献身に心から感謝しています。兄に代わり御恩をお返ししたい』レンペス・グリーン『親友の代わりに医療隊で恩返しをすると決めた』お二人共身近な方が今回の患者だったのね）

三人ともこちらから是非にとお願いしたい人柄の様で、私が安心していると、その横でお茶を飲んでいたドンティス隊長が口の端を上げた。

「お前とチェリーバのお眼鏡にかなったのはこれだけか？」

「ええ。書類を確認している際、ターラもいましてね。彼らが裏で話していた本当の移動動機を調べたらしく、十番隊より五番隊《じぶん》の方で、心身共に鍛え直すと張り切っていました」

（本当の志望動機？　……何か含みがあるような……）

話の内容が気になり、お二人に気付かれないようそちらを見ると、ドンティス隊長同様にカルヴァ隊長も穏やかに会話をしているが、恐ろしいほど目が座っている。

「あの、なにかあったのですか？」

気になり問えば、お二人は穏やかに私に微笑んだ。

「いいえ。一部、騎士道に反する発言があっただけです」

「騎士道に？」

「まったく、騎士として情けない限りですな。まぁ、そのような輩は御身に近づけませんのでご安心を」

「そうなのですね。ご配慮ありがとうございます」

答えてくれたカルヴァ隊長に同調するようにドンティス隊長が頷くが、どうやらそれ以上の詮索はさせて貰えない様だと解り、私は笑顔で頷いて考える。

（騎士道って、忠誠をもって主君に仕える、名誉と礼節を守る、弱き者へ愛をもって接する、だっけ？　……それに反するって、あぁ！）

浮かんだ想像に、げんなりする。

（私、か）

前世を思い出してから自覚は薄いが、弱冠十八歳。儚げで可憐と称された容姿をもつ女が隊長を務める隊への移動理由なんて、よく考えなくても一つしかない。

馬鹿馬鹿しいとは思うが、目の前に現れた高位貴族の婦女子相手にワンチャン狙ったのだろう。

（男所帯の騎士団。わからなくはないけれど、領主夫人に対してそれを口にするなんて、理不尽なほど厳しい制裁を覚悟の上かしら？　いえ、多分、辺境は貴族と庶民の距離感が王都のそれより近いから、本当の怖さを知らないのだわ）

身震いがする。

この世界の庶民と貴族の身分差は本当に大きい。貴族の機嫌を損ねれば平民の村など、一夜のうちに地図上から消えてなくなることもある。

市井で暮らしているときならばまだしも、現在の私の肩書は南方辺境伯夫人で辺境伯騎士団第十番隊長、しかもそのうしろ盾はこの国で王家の次に尊いとされる三公爵家の一つ『司法のテ・トーラ』だ。

彼らは司法を司るにもかかわらず、己がためになら司法を捻じ曲げる事を躊躇しない。そんな彼らは良くも悪くも『自分のものに手を出されるのをひどく嫌う』性質を持つ。

そんな権力に雁字搦《がんじがら》めの私にワンチャン狙って恋の言葉を垂れ流すなんて、私に対してはもちろん、辺境伯家・公爵家に対して不敬であり、万が一、体目的で襲うなどと言う事になれば、一家どころか血の薄くなった一族の末、はてはその噂を聞いた者まで文字通り消されるだろう。

（その前に性根を騎士団内で鍛え直してもらえるんだもの、ありがたいわね。あぁ、青い血って本当に怖い）

考えて気が重くなり、小さく息を吐いた私は気を取り直すと、書類を整えた。

「カルヴァ隊長、ありがとうございました。彼らの配属は有難くお受けします。また、新しい隊員の募集も引き続きお願いいたします」

「かしこまりました。すぐ手続きしましょう。君、頼む」

「はっ」

カルヴァ隊長が手にした書類を補佐官に渡し手配を命じるのを確認してから、私はソファから立ち上がった。

「本日はお時間を取っていただき、ありがとうございました。ドンティス隊長がカルヴァ隊長に何やら用向きがおありになるとのことでしたので、私はこれで失礼させていただきます」

笑顔で見送ってくださるお二人に一礼して部屋を出ると、足早に本部から医療院に戻った私は、すでに昼食の介助を始めていた看護班員に声をかけてから、一度執務室に手荷物を置き、急いで外の井戸でうがい手洗いを行うと、清潔なエプロンとマスクを装着して重傷者の食事介助に入った。

明日より病床から徐々に起き上がるための離床訓練を予定している例の患者は、現在、ベッド上で背もたれを使って座り、残った方の手で食事を食べる練習を始めている。

（もしかしたら食事を拒否されるかと思ったけれど、今のところは大丈夫ね）

そうはいっても、今日の夕方には食事を拒否するかもしれないし、訓練が本人の思うように進まなければ拒否するかもしれない。こればかりは、一進一退を何度か繰り返し、自分で状況を飲み込みながら、ゆっくり先に進むしかない。

（傷もそうだけど、精神面の事も、観察するように指示をしないとね）

彼から目を離し、私は自分の目の前にいらっしゃる、横たわって食事をとっている患者を診《み》る。

一番重傷だった彼が意識を取り戻したのは四日前。

衰弱が激しく起き上がる事は出来ないが、それでもこの世界には点滴など、経口以外の水分栄養摂取の方法がないため、少しずつでも食事や水分を取ってもらわなければならず、かといって平面状態《べったんこ》のベッドで、仰向けで食事を飲み込むのは健康な者でも難しい。

そこで、ベッドとマトレスの下に、親方に作ってもらった角度調整できる座椅子の背もたれのような物を入れて上体を上げ、膝の下にはやや膝が曲がるようクッションを入れて、負担のかからない体制を保持する『ポジショニング』を行い、その上で、長らく固形物を食べていなかった胃腸に負担のかからぬよう、本日はパン粥を裏ごしし、さらに薄味のコンソメスープでのばしたものを食べてもらっている。

「もう一口、食べられそうですか？」

口の中のパン粥を飲み込んだ彼に問いかけると、小さく頷き、ゆっくりと口を開けてくれたため、やや少なめにひと匙掬い、そっと口に含ませる。

彼はそれをゆっくり慎重に飲み下し、ため息ひとつつく。

この繰り返し。

全身にわたる怪我の痛みの中、食事を飲み下す動作だけでも辛く疲れるだろうに、それでも食事をとるこの人の精神力に舌を巻く。

そして思う。

この『痛みを取る』だけで、この人はどれだけ楽になるだろうか、と。

（痛みは人格をも変える最大のストレスだと緩和ケアの先輩に習ったけど、その通りだわ。痛みにも種類があるから、どの痛みが彼を苦しめているのかがわからないけれど……でもやはり痛み止めが欲しい……魔術の医療転用が現時点では無理なら、やはりお医者様と医薬品の確保は最優先事項だわ）

そう、痛みには様々な種類がある。

明確な外傷などによる侵害受容性疼痛《とうつう》、神経の圧迫や損傷、伝達経路の異常による神経障害性疼痛、ストレスなどが原因になる心的要因性疼痛だ。

彼の場合は腕、足の欠損と、肩から腹にかけての大きな傷があり、これが痛みの原因の大本であると推察できる。

だがもし脊髄や骨折部位に神経の損傷があれば、それは神経障害性疼痛になるし、魔物の強襲を乗り越えた恐怖や、現在の療養環境への苦痛が痛みを増大させているとしたら心的要因性疼痛になると考えていいと思う、多分……ちょっと自信ないけど。

（あー、難しい。何の情報もない中で客観的評価分析《アセスメント》するのって本当に難しい。緩和ケアの勉強会、夜勤明けだからって居眠りするんじゃなかった。先輩も起こしてくれないし……。そんなことはどうでもよくって、どうにか痛みを取ってあげたい。気休めの温罨法《おんあんぽう》とマッサージでは限界があるもの）

だが、これについてはわずかに希望を持っている。

先日、視察でその存在を知った辺境伯家お抱えの侍医と、ようやく会い、話すことができた。

彼は前世で言うところの内科医のようで『外傷や魔障などにはまったく心得がなく助言もできない』と謝られ、その分野に強い知り合いがいるからと連絡をとってくれ、明日、その医師と会う事になったのだ。

（生薬が主流のこの世界で、痛み止めがあるとすれば、ヒポ〇ラテスが柳から作った鎮痛薬？それとも花の方かしら？）

頭の中で浮かぶのは前世の医療雑学本で見て、観光で行った薬草園で見た草花。

（双方、古代から使っている痛み止めらしいけど、生薬だと有効成分の含有量がわからないから、飲ませるときの量の調節が難しいのでは？　やっぱり前世の医療技術、すごいわぁ）

しみじみと、先人の知恵と医学の進歩にかける努力と熱意に頭が下がる思いである。

（まぁその分、毒物や麻薬の扱いは面倒だったけどね！　法律に則った厳重な取り扱い。使用した麻薬製剤の空容器は蓋も含め必ず薬局に返却。つい間違えて捨てちゃったテヘペロ、なんてしようものなら、見つかるまで周りを巻き込んでの大捜索。見つかっても見つからなくても事故報告書と、師長・薬局長からの鬼説教フルコース……だめだ、最悪だ……）

新人時代の大失敗を思い出し、はぁ～とため息を心の中でつきながら、全員の食事介助を終えると、食器を下げて今度は食後の口腔ケアに入る。

食後、自分で歯磨きうがいができない人の口の中をきれいにする『口腔ケア』は本当に大切だ。口の中に残った食物残差《たべかす》に雑菌が繁殖。それを誤嚥《ごえん》して肺炎発症（超乱暴な説明）なんて笑えない。治療法が確立していた前世でも笑えないのに、抗生剤すらないこの世界。肺炎なんて起こされたら本当に命にかかわる。そのため、患者一人一人、丁寧に口腔ケアを行ってから横になってもらう。

「ゆっくり休んでくださいね。」

マスク越しに微笑めば、患者は安心したように小さく頷いた。

（主食《パン》五割副食《おかず》三割……うん、少しずつ食べられるようになったわね）

水分摂取量と同様に食事摂取量もきちんとカルテに書き込んで、私は四人の患者の様子を改めて観察した。

私が食事介助を行った方以外は、みな、離床を進めてもいいかもしれない。

（では明日から進めてみましょう）

記録をしながら、今後、どのように患者をケアしていくかを決める看護計画を立案していると、先に休憩に入っていた看護班員が帰ってきたため、業務内容の申し送りをし、うがい手洗いを済ませると、アルジと共に昼休憩をとるために執務室へ向かう。

「ネオン様、難しい顔をなさっていますが大丈夫ですか？」

「大丈夫よ。明日の事を考えていたの」

「紹介していただいたお医者様とお会いになるのでしたね」

「ええ、これで良い方へ進めばいいのだけど」

そんな会話をしながら執務室に入ると、真ん中のテーブルには二人分の食事が用意されていて、私が上座、アルジが下座と席に着く。

医療隊の隊員は隣にできた食堂で食事をとるのだが、警護上の観点から私とアルジは、先に休憩に入った医療隊員が持ってきてくれた食事を執務室で食べることになっている。そして用意された私の食事はすべて、アルジがひと匙ずつ嚥下《えんげ》して安全性を確認してから私が食べることになっている。要は『毒見』だ。

「ネオン様、食べていただいて大丈夫です」

今日もそれが終わり、アルジに食事を差し出され、私は頭を下げる

「ありがとう。いつもごめんなさい」

「いいえ、お役目ですから」

アルジはそう言って笑ってくれるが、上層部の命令とはいえ、彼女に『毒見』させていることに私はひどく罪悪感を覚える。

「それにしてもネオン様、この料理も大変おいしいです！」

そんな私の気持ちを消すように、アルジが笑う。

今日は（前世の知識から）考案したグラタンで、雑談をしながら美味しく頂いたあとは、アルジに紅茶を淹れてもらい、私は書類整理、アルジはバザー用の刺繍をする。

（お伺いを立てていた家族面会の返答だわ。患者と家族の面会は医療院で良いが、立ち合いの騎士がいる、と。事前にお願いすれば、立会人がこちらに来てくれるね、ありがたいわ。こちらは花祭りで行う騎士体験の書類。看護班で行うつもりだったけど、重症患者がいるからと躊躇している間にブルー隊長が名乗りを上げてくださって助かったわ）

書類の決められた場所に署名を入れ、足りない部分を書き込み、確認済の書類入れに入れておくと、あとでガラが本部へ書類は届けてくれ、面会などの業務調整もしてくれる。

（医療隊隊員の仲を取り持ってくれたり、騎士団の事がよくわからない私のために、細々といろいろなことを教えてくれたり。ガラ様々ね）

そんなことを考えながら書類をさばいていると、コンコン、と壁を叩く音が聞こえ、相変わらず開けっ放しの扉を叩いたガラが顔を覗かせた。

「どうしたの、ガラ」

走らせていたペンを止め、顔を上げた私に、報告をくれる。

「ブルー隊長がいらっしゃったのですが、お通ししてもよろしいですか？」

（ん？　今日、面会予定はなかったはずだけど？）

そう思いながらも、私は頷く。

「どうぞ、入っていただいて」

「失礼します、ネオン隊長」

来客と聞き、さっと席を立ったアルジと入れ替わりで入って来たブルー隊長の手には、騎士には不釣り合いの牧歌的な大きめのカゴがあった。

「ごきげんよう、ブルー隊長。どうぞこちらへ。何かございましたか？」

問うと、ブルー隊長はいつもの人当たりの良い笑顔で、手に持っていたカゴを私の前に出した。

「実は祭りの件でリ・アクアウムに出向きまして、教会からこちらを預かって参りました」

それには少し驚いて、カゴを受け取る。

「まぁ、わざわざありがとうございます」

「いいえ。教会の警備と騎士体験の件で立ち寄ったところ、修道士がこちらへ出向く用意をしているところだったので、わざわざご足労頂くのも大変なので預かってきました。それから、女神の花祭り当日は第三番隊が騎士体験とバザー、それに奥様の警護も仰せつかっておりますので、よろしくお願いいたします」

にかっと笑ったブルー隊長に、私も頷く。

「もちろん、ブルー隊長がいてくださるなら心強いですわ」

「大船に乗ったつもりでお任せください！　それよりもネオン隊長」

「何ですか？」

アルジからお茶と茶菓子を受け取り会釈したブルー隊長は、お茶を一口飲んだあと、にこにこと満面の笑みで私に言った。

「団長と和解なさったと伺いました。心よりお喜びを申し上げます。これで辺境伯家は安泰ですね！」

その言葉に、私はお茶を受け取るために伸ばした手を止めた。

「え？」

「きゃぁぁぁ！　奥様、お茶が！」

「え⁉　きゃあ！」

予想だにしなかった言葉に、私はティーカップを取りそこない、紅茶をこぼすという失態をおかし、そんな私にびっくりして顔を上げたブルー隊長の困惑した声と、アルジの悲鳴が重なった。

アルジがお茶を片付け、新たに用意してくれている間、すんでのところで紅茶を被らずに済んだ私は、目の前で恐縮しているブルー隊長を見た。

「先ほどの、もう一度伺ってもよろしいかしら？」

やや低くなってしまった私の声に、身を縮こまらせたブルー隊長は、それでも同じ問いを私にした。

「いえ、あの……団長と和解なさったと伺ったのですが」

(旦那様と私が和解？　なんでそんな話に？)

意味不明の言葉に混乱した頭を押さえながら問う。

「それは誰から聞いた話ですか？」

「辺境伯家のメイドが楽しそうに話しているのを耳にしまして真偽を、と」

その言葉に額に手を当て、深〜い溜息をつきながら考える。

(一体、どこからどんな話になったのかしら？　和解？　和解って何だったかしら？　漢字としては和やかに解決する、だったかしら？　旦那様と私で、何を和やかに解決するの？　祭りの事？　医療院の事？　まぁそれならそうかもしれないけれど……え？)

いくら考えてもわからない。

「えぇと、和解といってもいろいろあるのですが、どのような話を聞かれたのか、確認してもよろしいかしら？」

困り果てて問うと、ブルー隊長は頷く。

「本日教会に行く前に辺境伯邸に団長からの言付けを届けたのですが、その際、洗濯をしていた者から聞きました。先日、団長と奥様が一緒に街にお出かけになり、旦那様が奥様に前夫人の形見をお渡しになったとか。ロマンティックだと盛り上がっておりました」

（侍女長に言って、メイドの躾し直しね……）

深くため息をつくと、菓子とお茶を出してくれていたアルジが、あれだけ言い含めたというのに目を輝かせてこちらを見ている。

いやな予感の再来に、私は少し語気を強める。

「いろいろと語弊はありますが、私には旦那様……いえ、団長と和解しなければならない事柄がありませんし、メイドがなぜそのような話をしているかもわかりません。ブルー隊長からそのようにお伺いを立てられる意味も」

「それは」

そう言えば、慌てたブルー隊長は耳と尻尾、ではなく頭を下げた。

「すみません。シノ隊長と昼食を取りました折に、その話をしたところ、事の真偽を確認してこいと言われまして……」

その言葉に、もはや溜息も出なくなった。

（私が魔術と医療や患者の痛み、バザーの事で忙しくも悩んでいると言うのに、隊長二人が和やかに飯食いながら恋愛話《コイバナ》とか、暇だろ、騎士団！）

等と前世口調で言うわけにはいかず、呆れと疲れで頭痛を感じ、とりあえずお茶を飲み、そして。

「各隊の隊長は暇でいらっしゃいますの？」

つい、口を滑らしてしまった。

「いえ、あの……申し訳ありません」

「冗談ですわ」

恐縮し頭を下げるブルー隊長から視線を逸らし、出されたお茶に砂糖とミルクをたっぷりと注ぎ飲み干すと、アルジは主人の不穏な気配を察したのか、今度は砂糖たっぷりの焼き菓子を添えて出してくれたため、ありがたくいただく。

「それでネオン隊長……」

「はい？」

そんな私に、ブルー隊長は恐る恐る口を開いた。

「先ほどのお話はやはり違う、という事でしょうか？　すみません、シノ隊長から聞いて来いと圧がすごいのです。本当はご自身がこちらに伺いたかったようなのですが、業務でそれもままならず……私に命じられまして」

「命じ……」

そんなことを命じるなとかなり呆れたが、尻尾と耳が垂れているように見えるので強く言うこともできず、私は焼き菓子を口にする。

（わんこっぽいとは思っていたけれど、他からもそんな扱いなのね。それにしてもドンティス隊長……）

九番隊は会計・輸送を行っているし、ドンティス隊長は全隊長の中でも最も古参らしいので若いブルー隊長は逆らえないのかもしれない、が。

（あんななりで本当に面倒くさいな！　あの有無を言わさぬ笑顔も怖いけど！　ブルー隊長も情けないと言うか……仕方ない、しっかり否定しておきますか）

一つ息を吐き、私はブルー隊長を見据えた。

「どのような話をメイドから聞いたか存じ上げませんが、和解の意味が解りません。確かに前辺境伯夫人の形見だと言う魔道具はいただきました。しかし、それは必要に迫られ下賜された。それだけです」

「必要に迫られて、ですか？」

「えぇ」

私の話を真剣に聞かれていたブルー隊長は、首を傾げると聞き捨てならない言葉を口にした。

「しかし彼女たちの話では、団長が奥様の瞳と髪をお褒めになり、嫌ってやるな、と言われたとか」

「……は？」

（待って、なんでそんな詳細を知っているの⁉）

驚くあまり一瞬固まってしまったが、表情を変えず、逆に問う。

「確かにそのような会話はしましたが、なぜ御存じなのです？」

「大変嬉しそうに話しておりましたので。白い結婚を言い渡され、離れに引きこもった奥様が、兄君や母君が亡くなられてから頑なに人を遠ざけ、感情を失った旦那様のそれを取り戻してくださったと。昔話をされ、奥様の髪と瞳を褒めたと」

その話に、目の前が真っ赤になった私は目を伏せ、息を吐いた。

「そんな詳細な内容を、旦那様と直接会話をすることの無い下級使用人《ランドリーメイド》が話していた、と？」

「えぇ、団長が家令とそう話していたのを聞いたと言っていました」

（という事は、その場にいた旦那様付きの侍女が騒いだか……どちらにせよ大問題だわ）

主人と家令の話を使用人同士で噂し、広め、外部に漏らすなど問題以外のなにものでもない。これが決して外部に出してはいけない醜聞や事業の話で、損害が出た場合、彼女らはどう責任を取るつもりなのだろう。

（いや、そこまで深く考えてないだろうな……）

考えるだけで非常に頭が痛いが、聞いてしまった以上、お飾りとはいえ女主人として解決すべき重大事案だ。

「今夜にでも侍女長と話し合いが必要だわ」

頭痛に額を押さえた私に、アルジが新しいお茶を出しながら教えてくれる。

「当家の使用人は、前奥様の時代からあまり入れ替わりがないそうです。ですから、みな、御幼少時代の旦那様を知っていて、心配を。そんな中、旦那様が奥様にわずかでも心を動かされたという事実に、少々浮足立っているのですわ」

「もしそれが理由でも、情報管理の問題で駄目だわ」

「でしたらネオン隊長」

唸るように言った私に、ブルー隊長がとんでもない提案を投げかけて来た。

「これを機に隊長から団長に歩み寄るというのはいかがですか？」

「……は？」

地の底を這うような低い声が、己から洩れ、しまったと思っていると、さらに輪をかけた発言が飛んで来た。

「それはいい案です！　ネオン様、いかがですか？」

隣で目を輝かせたアルジが私を見ているが、言われた意味が解らず、つい眉間にしわを寄せる。

「貴方たち、何を言っているの？」

普段出さないような低い声が出たが、目の前で『ものすごい名案を思いついた』と見えない尻尾をぶんぶん振る忠犬ブルー隊長と、昨日言い聞かせたはずのアルジは、ありもしない恋愛話《コイバナ》で盛り上がり始める。

「歩み寄りとはどうすればいいのでしょう？」

「隊長は今、離れにお住まいとか？　本宅に戻られてはいかがでしょうか？」

「ネオン様、いかがですか？」

その無邪気な二人の表情に、心の奥底が冷え込むのがわかる。

（いかがですかもなにも絶対嫌だし！　他人事だと思ってなに言ってるの？）

「……私が？　なぜ？」

拒否する気持ちを乗せ、やや声を低くし、これ以上悪乗りするなと言う意味も込め強めに言うが、目の前の二人はさらに盛り上がる。

「本宅にお戻りになれば、共にお食事や騎士団へ出勤となり、会話も増えます。お互いの事を知るよい機会になるかと！」

「俺も、隊長には団長と仲睦まじくして頂き、末永く辺境伯領を治めていただきたい。初めて隊長からお話を伺った時、お飾りと言いながらも、辺境伯領の事、領民の事、そして団長の事を心から心配し、お話される姿に感動し、そう願っておりました！」

二人の、聞けば聞くほど私個人を無視した考えに、さらに心は冷えていく。

「だから私から歩み寄れと？　お飾りになれと言ったのは旦那様だと説明しましたが？」

「しかし、団長からの歩み寄りを待つよりも、聡明な奥様から歩み寄られた方がより早く仲睦まじく……」

「ふざけないで」

ぷつん、と、自分の中で何かが切れた音が聞こえたと思った時には、その一言が口から出てしまっていた。

低く、大きく出た声に、ようやく顔を上げ、私を見た二人に問う。

「なぜ、一方的に切り捨てた相手に、私から歩み寄らねばならないの？」

「しかし、こういった場合は女性から……」

二人ともやや顔色を悪くし頭を下げているが、先に配慮を欠いた発言をし、さらにそれを重ねたのは目の前の二人のため、私は容赦なく言葉を発する。

「ですからそれはなぜ？　私は結婚したその夜に白い結婚を言いつけられたのよ？　それから、女風情、令嬢ごときとも言われたわね。そんな私がなぜ歩み寄りを？　そもそもなぜ女から歩み寄らねばならないの？」

正直、男尊女卑の残る現在の世界ではそう思って疑わないのは仕方ないのかもしれないけれど……いや、前世の記憶が戻った私からしてみれば、本当に余計なお世話だ。

「双方が互いの意思を確認し、合意の上で歩み寄ると言う前提どころか、貴方たちが勝手に盛り上がっているだけの話の流れで、なぜ私が何もなかったかのようにすべてを水に流し、歩み寄れると思うの？　なぜ部外者の貴方たちが私にそれを強要できるの？　そもそも旦那様は、今、貴方たちが勝手に噂していることに対してどう思っていらっしゃるかしら？」

周囲が勝手に盛り上がり、本人不在で話をし、その片方に譲歩、解決、進展をけしかけるなどありえない。

「し、しかし……」

「しかしもへったくれもありません！」

しかしまだ食い下がってこようとしたのはブルー隊長の言葉を、きっぱりと断ち切る。

「何故私がそんなことをしなければならないの？　私は、私から旦那様に歩み寄るつもりも必要性も感じないわ」

「ですが、旦那様は変わろうとなさっておいでのようだと家令と侍女長が言っていました……ですから……」

「それは侍女長に言われたの？」

「……はい」

（なるほど。やはり辺境伯家では何とか私たちの仲を取り持とうと、本当に使用人が裏で画策しているのね）

確かに使用人としては、結婚を渋りに渋っていた国防の要である辺境伯家の当主が、王命とはいえようやく結婚したというのに『白い結婚だ！』と嫁に言い放ち、嫁も『はい、喜んで！』とさっさと離れに行ったのでは気が気ではなかっただろう。何とか女主人の仕事をしてもらうために、いや、そこまでいかなくても、せめて後継者だけでも！　と気をもんでいるに違いない。

（すべての転機となった辺境伯騎士団慰問には、その意図もあったのかしら？）

だとしたら、本当にうんざりだ。

結局、問題を全部私に丸投げしただけではないか。

盛大な溜息を、ひとつ。ビクリと肩を震わせた二人を見る。

「その話がもし本当ならば、周囲に察してもらおうとせず、旦那様が自ら態度と言葉で示さねば意味がありません。貶めた相手に歩み寄ってもらいたいと本気で思うのであれば、まずは自らが歩み寄り、貶めたことへの謝罪をし、許しを乞う。これが大前提だわ」

私はゆっくり静かに立ち上がると、執務用の机に向かった。

「ブルー隊長、それにアルジ。辺境伯夫人として言っておきます。旦那様の周囲の人間が旦那様のために心を砕くのは大いに結構。でもそれに他者を巻き込み無理を強いるのはお門違いです。そうやって気をまわしすぎ、過保護にしてきた結果、旦那様は言葉や感情を他人に伝えられず、最終的にはあのような負傷者問題につながったのではないのかしら？

人は自らの力で前に進むべきだと、私は思うわ。

自分で選択をし、自分で結果の責任を取るの。あえて苦難に立ち向かい傷つけとは言わない。そんなことはない方がいいに決まっているもの。けれど、人生で壁にぶつかった時、周りの人間がなすべきことは、過保護に先回りをし、周囲に無理を言って壁を壊したり移動させる事ではなく、見守り、後押しし、自分から相談や助けを求められるよう手助けや助言をし、最終的に自分で壁を打破させ成功体験を積む、その支援をすることよ。先回りして過保護に守った先で失敗したとき、その人生の責任すべてを、周りの人間が取れるのかしら？」

執務用の椅子に座り、私は静かに二人に微笑んだ。

「執務に戻ります。ブルー隊長もお忙しい中ありがとうございました、どうぞご自身のお仕事にお戻りください。アルジ、今日は医療院での仕事は結構です。私の乗って来た馬車で屋敷に戻り、本来の業務である侍女の仕事をしてちょうだい。従者には夕刻に迎えに来てくれるように指示を。夕食後、侍女長と共に離れに来てちょうだい」

二人は真っ青な顔で、小さな声で何かを言ってから、頭を下げて出ていった。

〔六章〕環境改善（改）と各々のけじめ

（少し短絡的過ぎたかしら……？）

手に取った書類を確認し、署名をする。

それを続けながら私は小さく息をついた。

何かといえば、アルジとブルー隊長をここから追い出したことであるが、そもそもこのような場所で、他家の、しかも夫婦の話をするのはマナー違反だし、あのまま放置していれば収拾がつかなくなると思ったのだ。

（しかも変な風に勘違いして盛り上がるし……迷惑極まりないわ）

そう考えると、やはりあれでよかったのだと思い、自分を納得させて積み上げられた書類をさばく。

（祭に関する書類が多い。『今回は辺境伯夫人による、医療院建設と孤児院処遇改善を目的とした慈善バザーと大きく銘打つ事を許可する』。祭りの実行委員をしているリ・アクアウムの商人ギルドが大々的に公表する許可をくれたわ。その方が近隣からの客も増えるから全体収益アップも見込めるから当然ね。

バザーに使用していい場所は、教会前の敷地のみ。門から一歩でも出たら駄目……なるほど、教会の前がお祭りのメイン通りになるのね。では、教会の門の内側に騎士体験の受付と手荷物チェックを置いて、双方、先着順に入ってもらいましょう。もし列ができた時の対策も必要ね。当初の予定通りバザーは教会内部、騎士体験は孤児院前の広場……と、すると早めに改修工事を……）

昨日、話し合いのあとで見せてもらった現在の孤児院は、広さは十分だったが土壁が崩れたり、壁がひび割れたりしていたのを思い出す。

教会の隣に、コの字型に併設された孤児院は、子どもたちの部屋、食堂が並び、真ん中には遊ぶための広場と畑がある。先日、子どもたちがそこから遠巻きにこちらを見ていたため手を振ったら、あっという間に逃げてしまった。

（聞いていた通りだったわ）

孤児院には、王都と違い幼子しかおらず、骨と皮とは言わないまでも、随分と痩せている事に衝撃を受けた。

（本当に、受け皿は足りず、十歳を超えると働き手となってしまうのね）

どうにか改善したいと考えながら、ブルー隊長が教会から預かってきてくれたカゴを手にとる。

「一晩でこんなに試作品を？　……嬉しいわ」

中には十数枚のハンカチと鍋掴み、それから四つ折にされたボロボロの紙きれが入っている。

紙には誰かが代筆したのか、「お菓子をありがとう」と書いてあり、試作品のうち、赤いお花の刺してあるハンカチは、私にくれたお礼だと言う。

どれかしら、と思いながらすべてのハンカチを広げれば、試作品通りに丁寧に刺繍されたもの、小さな紋様が四隅にだけ刺繍されたものなどあり、修道士から説明を聞き、みなで試作品を見ながら真似て作ったのだろう。

「あら、これなんか私よりよほど上手だわ？　この子には、ぜひいっぱい練習してもらって、大作を作ってほしいわ」

一つ一つ大切に検品していけば、とても拙いけれど、たくさんの針穴から、とても頑張ったのだろうと推察できる物が出てくる。

私にと書かれていた赤い花の刺繍のハンカチも、そんな拙い手の物であるが、その優しい心根が嬉しくて、丁寧に畳み、手紙と共に大切にポケットにしまう。

「さ、頑張って検品しましょう！」

流れ落ちそうになる涙をそっと拭って気合を入れる。

「これは売り物にならないけれど……模様が独創的ね。こういった、精密な刺繍ができない子が、売れ残って作成するのを嫌にならないように、なにか考えないと駄目かも……」

もちろん、売れ残った物はすべて私が買い取るつもりではあるけれど、本人の手から売れていくのとでは達成感が違うだろう。

「ぶきっちょさんでもできる、簡単で見栄えがするものねぇ……あ、ミサンガなんかどうかしら？」

口にして、ふと学生の時に作ったミサンガを思い出す。

前世で、少しでも見栄えを良くするために、少し太めの麻の糸《ヘンプ》を使い、安いビーズを合わせて、願い事を考えながら必死に編んだ記憶がある。

「私、編み方覚えているかしら？」

ふふっと笑いながら、今回は間に合わないだろうが、次回は子どもたちに作ってもらおう、と思ってから、あれ？　と首を傾げた。

「そう言えば、ビーズってあるのかしら……？」

自分の着ている服はもちろん、ドレスにもビーズやスパンコールの様な装飾が付いていたような記憶はない。もちろん、私が知らないだけで王都にはそのようなものがあったのかもしれないが、以前見た舞台衣装でも見たことはないし、嫁入りのドレスにも縫い付けてある物は無い。

「屑の宝石で作ればドレス装飾が、繊細にも、豪華に見えるのに……あら？　これってもしかしたら服飾革命おこせる？　そうだとしたら商会を立ち上げて一攫千金できるかもしれないわ！　よし、これは裁縫士さんと親方さんに相談しましょう」

思い浮かんだ前世の記憶《アイデア》を忘れないよう、専用の紙束を取り出し書き込むと、検品を終え、現場に戻るため部屋を出たところでガラと出会った。

「隊長、書類仕事は終わりましたか？」

「溜まっていたものは全部終わったわ。返却分と申請分を机の上に分けて置いてあるので、本部への返却をお願い。そうだわ、モリーちゃんは今どこに？」

「モリーなら休憩室《そこ》で刺繍しています。いただいた美しい糸に目を輝かせていました」

そう言ってちらりと見るのは、休憩室でせっせと手を動かすガラの娘で八歳のモリー・ルファ。

彼女はとある事情で学校に通えず、昼間は家で一人、腕を失ったガラの代わりに家事の一切を担っている。それを聞いた私は、彼にお願いして彼女をここに連れてきてもらったのだ。

「モリーちゃんの手先が器用で助かったわ。医療院で使用する大量の布マスクや作業エプロンを作ってもらえるし、あぁしてバザーの商品まで。大助かりよ」

「こちらこそ。ここに通うようになり、読み書きを教えていただき、仕事を与えてくださって。おかげで前とは比べ物にならないほど明るくなりました。私共の事も、モリーの事も、隊長には感謝しかありません」

「あら、私だって軍の事はガラ、衛生小物作りはモリーちゃんと助けられてばかりよ。感謝しているわ」

和やかに話しながら執務室の扉を閉め『不在』と書いた看板を下げたところで、そういえばとガラが私に尋ねてきた。

「ブルー隊長やアルジ殿と何かありましたか？」

（あら？　職務以外の事を聞くなんて珍しいわ）

こちらが振らない限り、私的な話をあまり話さないガラに、私は頷く。

「少しだけ。個人的な事柄で少々押し問答になったから、一度頭を冷やしてもらうために退出願ったの。アルジは屋敷に帰らせたわ」

「なるほど、そうでしたか」

納得したようにそれだけ言って、それ以上は何も追及してこないガラは、やはり公私をきっちり分けられる人なのだと思うが、だとしたらなぜ聞いてきたのかしら？　と気になり尋ねる。

「もしかして、何か不都合でもあったかしら？」

「いえ。ただアルジ殿もブルー隊長が真っ青な顔で医療院を出られたので、みなが何かあったのかではないか心配しているのです。もちろん、私的なことに口を出すな、と言ってありますが」

（あぁ、ガラが補佐官だから、みんな聞きに行ったのね）

困ったように笑うガラに、私も困ったように眉根を下げた。

「迷惑をかけてしまったわね、ごめんなさい。アルジに関しては、医療院の一員のように感じてくれているけれど、本来、彼女は辺境伯家の使用人。騎士ではないわ。そろそろ本来の仕事に戻さなくてはとも思っていたの」

「なるほど。では、みなには隊長から話があるまで待つよう伝えておきます」

頷いてくれたガラに、私も頷く。

「ありがとう。ところで一階のベッドや物の配置を少し変えようと思うの。外から扉を開けてすぐ病人のベッドが丸見えではなく、その間に面会室と医療院の受付を作ろうと思って。患者も少なくなってきたし、医療隊員も増えるから、やるなら今だと思ったのだけど、あとで相談に乗ってくれるかしら？　先に患者の排泄確認と午後の観察に行ってくるわ」

「かしこまりました。良きところでお声がけください」

「ありがとう」

ガラと別れ、私は一階に下りると、清潔資材の棚に用意された洗濯済のマスクとエプロンを装着し、午後の排泄介助を始めた。


午後一番の排泄介助と状態観察終了後。

ガラとの話し合いから『善は急げ』とばかりに突如始まった、出勤中の物資班と看護班、そして外の護衛の騎士様総出の一階の環境改善作業《もようがえ》。

ほぼすべての大型家具を動かすという事で、まずは現在入院中の四名の患者へ状況説明をし、協力を仰いで了承を得ると、マスクを装着してもらい、ベッドの上で安静にしてもらい、衝立で隔離した。

「全員、作業準備できました」

「ありがとう」

では、とマスクとエプロン、それから麻手袋を装着して集まってくれたみんなに静かにお願いする。

「ここからは安心安全を最優先に迅速丁寧に進めていきましょう。まず階段下収納の扉が開くぐらい距離を取って衝立を立てます。パーテーションの真ん中一個分ほどは移動用通路分の隙間を開けてください。それができたら、空のベッドを医療院入り口から見て入って右側へ移動し、空白になった場所を床掃除後、患者様が眠るベッドを左の奥から順番に移動させます。ベッドとベッドの間の幅は、ベッド一個分開けてください。患者様四人に移動して頂いたら衝立をし、そのほかの場所のベッド配置と掃除をしていきます。いいですか、患者様が最優先です。慌てず騒がず静かに慎重にお願いしますね」

「はい」

そんな私の指示通り、窮屈に押し込められていた空のベッドが移動され、階段の下の収納の扉から、約一メートル離れた位置に衝立が立てられる。

丁寧に静かに空になった左側の床がモップで拭き清められると、患者を囲っていた衝立が外される。

「では、患者様とベッドを動かします。みんなで慎重にね」

「はい」

階段際に置いた最初の衝立に沿って、重症患者の横たわっているベッドを、八人がかりで少しばかり持ち上げるとゆっくり丁寧に移動させ、衝立から一メートル弱離れたところで降ろす。

「御協力ありがとうございます」

「いいえ、頑張ってください」

「ありがとうございます」

ベッドの上でさぞ不安であっただろうと推察されるため、患者に感謝の言葉をかけると、逆にねぎらいの言葉を頂き、ほっこりした気持ちになる。

そんな優しい気持ちを胸に、次の患者を同じように運ぶ。

先に動いていただいた患者様のベッドを起点に、ほか三名の患者のベッドをしっかり間隔を開けながら同じように設置、ベッドとベッドの間には、床頭台の代わりのライティングデスクを一つのベッドにつき一台設置する。

こうして医療院に入って左側、窓の真下にライティングデスクを置くようにして、ベッドを八つ設置したあとは、反対側も同じようにベッドを配置する。これで全十六床の病棟のでき上がりである。

「余ったベッドはどうしましょうか」

「右側は今、患者様も入っていないからそちらに集めて置いて、医療院の増築が終わったら、そちらで使用しましょう」

「ではそのように。邪魔にならないようにしておきましょう」

「お願いね」

ガラが指示を出しながら、物資班の動ける方が掃除を始め、看護班と護衛騎士様でベッドを邪魔にならないよう動かす。

「隊長、入り口と真ん中が空っぽになりましたけど、どうするのですか？」

看護班クーリー・ローチが肩をぐりぐりと回しながら私のもとにやってくる。

「真ん中の奥半分は、患者の観察をしながら看護記録を書いたり雑務ができるスペース、通称『ナースステーション』に、入口側半分は搬送患者の診療と処置を行う『診察室』にするわ」

「ナースステーション？」

「そう、今は扉の横にあるテーブルにみんな集まっているけれど、あそこからだと院内全部を一目で確認する事ができないでしょう？　でも中央からなら不測の事態にも動きやすいし、皆様に目が行き届きやすいわ」

「なるほど。じゃあ俺たちの目が全体にいきわたるよう、大きめの丸テーブルを用意します」

「ええ、お願いね」

ガランと開いた中央スペースに、すぐに大きめの丸いテーブルと椅子、そして看護記録が入った腰の高さの棚が運ばれる。

一緒に運ばれてきた軽めの衝立とライティングデスクと椅子二脚も同時に設置され、簡易診療室兼処置室もでき上がった。

「じゃあ最後のベッドから同じ程度の距離を離して、医療院受付と患者入院エリアを仕切るように重くて頑丈な衝立を置いてちょうだい。中央部分は開けてね。衝立を置いた入り口には受付台の代わりに小さなテーブルを二つ。それから、その右側の空間にも、同じく小さめのテーブルと椅子を用意して小さめの衝立を設置したら、受付と面会室のでき上がりね」

私の指示に従って、てきぱきとみなが動いてくれ、無事に受付と診療入院の空間分けできた。

これで療養環境が整ったなとほっとしているとガラが近づいてきた。

「隊長。医療院に受付ができたという事は、客あしらいがいりますね。その役目、物資班から選んでもよろしいでしょうか」

「名案ね、お願いするわ」

ガラの申し出に、私は頷く。

物資班の中には、過去の負傷で足を失った者もいる。今は椅子に座り、洗濯や処置布造りをしてくれているのだが、ほかの隊員ほど仕事ができないことを悩んでいると聞いていたからだ。

「そうね。受付係になる人は読み書きができる方がいいわ。ここは患者様が体を休める場。安心安全を守るためにも部外者の入室を厳しく管理したいから、緊急を要するとき以外は、来客や物資の搬入、受傷者や体調不良者、全員に来院署名をお願いし、記録を残そうと思うの」

「では、そのように選定します」

「ありがとう」

「隊長」

「はい？」

私とガラの会話が終わるのを待っていたらしいミクロスが声をかけてきた。

「ここの壁は、増築の時に作ってもらうのですか？」

衝立を並べただけの壁に首を傾げるミクロスに、私は首を振る。

「階段側の方は、あってもかまわないと思うけれど、受付側に作るつもりはないわ。もし作るとしても三分の一……ちょうど面会室の部分だけね。受付とその隣は、大量の傷病者搬入も見越して、大きく間口を開けられるよう、カーテンにしたいと思っているわ」

「それでカウンターに大きなテーブルではなく、小さな机を並べたんですね」

「ええ、小さい方がすぐ移動させられるでしょう？」

ふふっと笑った私は、右側の窓から見える、増設のための基礎を作っている場所を見た。

今回の移動で患者を全員左側に移した訳は、現在増設している部分の接合部が、建物の右側にあたり、そこが完成すると医療院は現在のＩの字型の建物からL字型になる。

別棟で、と言う話もあったのだが、少ない人数でシフトをまわすためにも、独立した建物が二棟建つよりは、Ｌの字型のほうがいいと判断したのだ。

しかし、これには途中の段階で、接続部分の壁を抜くと言う作業がある
（それまでに患者が退院していればいいけど、退院していなければ、一階の開通工事の時には衛

生面や騒音面を考えて二階の個室へ移動させなきゃ。ま、何とかなるでしょう）

うんうんと頷きながら全員で掃除や後片付けを行い、一階の医療院の診療・入院スペースが整ったころには、夕方の排泄介助の時間になっていた。

「さぁ、そろそろ夜勤と交代の時間ね。排泄介助をしましょうか」

「はい」

かなり動きやすくなった病床で、私は看護班と本日の勤務最後の排泄介助に回るのだった。


「おかえりなさいませ、ネオン様」

モルファ辺境伯領主の屋敷の大きな門を潜り抜けた私の馬車は、静かに離れのエントランスの前で止まった。

従者に扉を開けてもらって中に入れば、いつもの通り、離れ勤務の侍女とメイド、それから今日は見知らぬ青年従者と数名の侍女が頭を下げている。

その中にはもちろん、お仕着せ姿のアルジもいる。

ほかの者と変わらぬ様子で頭を上げ、私が持つ鞄や外套を受け取ってくれているが、その顔色は明らかに悪い。

（それはそうよね、主人に叱責を受けたのだから）

慕ってくれ、心身ともに大変な時にずっとそばにいて献身的に支えてくれたアルジのそんな姿に心が痛まないはずがない。

しかしここで何かしらの手をさし伸べても状況は変わらない。

で、あれば、侍女長と三人で話し合うまではいつも通りにしようと決め、自分の部屋に向かおうと足を向けた時だった。

「奥様」

足を止め、振り返る。

「……なに？」

声をかけてきたのは、名前も知らない青年侍従。

辺境伯家の侍従服を着ているが、離れでは見たことがない顔だ。不審者かとも思ったが、私の侍女が何も言わないので使用人で間違いないだろうと問いかけに応じると、彼は恭しく頭を下げてから私に尋ねて来た。

「本日はお屋敷で晩餐をご用意させていただいておりますので、この者たちがお召し変えのお手伝いさせていただきます」

青年侍従にそう言われ、私は首を傾げる。

「なぜ？」

「家令より奥様へ、その様にお伝えするように言付かっております」

その言葉に、苛立ちより呆れが沸き上がる。

（お前らは暇か）

そう、はた迷惑で憂鬱なおせっかいの再来である。

（なんで契約通り、離れのお飾り奥様を放っておいてくれないのかしら）

つい、その場にいる全員に聞こえるように溜息をついた私と、その溜息に反応するように背筋をのばす使用人たち。

その様子に、こちらに来てから今日まで、一度たりとも使用人に対し理不尽に怒鳴り、癇癪《かんしゃく》などを起こしたことなどないのだから、そんな反応しないでほしいと思いつつ、このもやもやした気持ちは、推し活のブラインドアイテムにお金を許される最大限まで突っ込んだにもかかわらず、一個も出なかった時の絶望に似ていると思う。

あの時は悔しくて、両手で頭を掻き毟り、ベッドの上で枕バンバンしたあとその枕に顔を埋め、濁音たっぷりの声で怒鳴り散らしたな……と懐かしい気持ちになると同時に、今まさにそうしたい衝動を押し留め、侍従を見る。

「こちらで食べるので結構よ。帰ってそう伝えてちょうだい」

「え？」

私からの返答に、意外そうに顔を上げた侍従。

（なにが、え？　よ。私の方が、はぁ？　って言いたいわっ！）

苛つきを押さえ、いつも通り貴族的微笑みで従者の方を見る。

「家令に伝えてちょうだい。最初の契約通りだと。もし本宅の食堂に赴かなければ今後食事が出ない、世話をしないというのであればそれで結構。自分の食い扶持や身の回りのことくらい自分でやります」

その言葉に、真っ青になったのは侍従だ。

「いいえ！　その必要はありません！　すぐにこちらに御用意します」

「そう？　別に私はかまわないのだけれど。それより、あとで侍女長にこちらに来るよう伝えてちょうだい」

「かしこまりました」

私の返答に慌てた侍従が、深々と頭を下げ、後ろにいた侍女を連れて離れから出ていく姿を見送って、私はそばに控える侍女を見た。

「先にお風呂に入りたいのだけど、用意はできている？」

「はい。湯は張ってありますので、このままご案内いたします」

「ありがとう」

私は疲れ切った気持ちをもみほぐしたいわ、と、肩をトントンと拳で軽く叩きながら浴室へ向かった。

「失礼いたします、奥様。お呼びだと伺いました」

「どうぞ」

いつも通り、離れで軽めの夕食を取ったあと、サロンでやや緊張した面持ちのアルジにハーブティーを入れてもらっていると、扉を叩く音がし、侍女長が恭しく頭を垂れながら入ってきた。

「では、私は失礼いたします」

「いいえ。貴女もいてちょうだい」

「……はい」

出ていこうとしたアルジを引き留め、私はハーブティーに蜂蜜を入れ、一口飲む。

(冷静に穏やかに丁寧に。淑女として話す。絶対キレない。よし!)

しっかり自分に言い聞かせて、静かに私の言葉を待つ侍女長を見た。

「アルジから話は聞いているかしら?」

問えば、はいと侍女長は返事をする。

「本日、屋敷に返された経緯は伺っております。奥様には大変なご心労とご迷惑をおかけいたしましたこと、お詫び申し上げます」

アルジの事だから、自らの口できちんと騎士団から屋敷へ返された経緯を報告しているだろうと思っていたので、良かったと安堵し、そう、と返す。

「侍女長。屋敷の人事権は貴女と家令にあるのだったかしら?」

「はい」

「もうひとつ。侍女やメイドの教育は貴女の責任だったわね」

「その通りです」

「そう」

　確認すべき事項をしっかり確認してから、私はもう一口ハーブティーを飲み、侍女長を見た。

「では、一昨日の旦那様と家令の会話が騎士団まで筒抜けとはどういう事か、説明してくれる?」

　言えば顔を引きつらせ、侍女長とアルジが頭を下げた。

「そちらに関しましては現在確認中でございます。執務中に使用人の事でご不快な思いをさせてしまい、申し訳ございません」

「そうね」

　その言葉に、私は事実を淡々と述べる。

「第三隊《ブルー》隊長が私の元に来られ、旦那様と出かけた視察の子細とその後の家令との会話を使用人が話しているのを聞いた、と言われました。隊長が聞いた内容はかなり詳細で、さらにそこからいろいろ妄想し、与太話を繰り広げ大変に盛り上がっていた、と。

　そしてその事実とはあまりにも異なった方向へ発展した与太話が騎士団に届き、さらにその話を元に、他者が私に事実関係の確認と夫婦間に過剰に介入するようなことまで発展して大変に迷惑したわ。

辺境伯家は使用人に、主人の会話を屋敷内どころか外部にまで筒抜けに、しかもありもしない尾びれ背びれをつけて拡散するような教育をしているの？」

「そのようなことは決してないつもりでしたが、実際には違っていたようです。調査終了後、改めてご報告申し上げます」

頭を下げたままの侍女長がそう答える。

「貴方たちは懲罰も前提に対応を考えているでしょうから、たしかに調査は必要でしょう。しかしここまで詳細な話が私の耳に届いている事実がある以上、不心得な使用人が多いことは明白。即刻解雇しろとは言いませんが、それなりの処分が必要ではないのかと考えます。

辺境伯家へ嫁いだばかりの私よりも貴方たちの方が理解していると思いますが、旦那様は辺境伯であり辺境伯騎士団団長です。領地のこと、騎士団のこと、会話の中には特秘事項もあるでしょう。旦那様付きの侍女は特に信頼の厚く、口の堅い者を置くべきでは？　旦那様の私室、執務室での会話はもちろん、屋敷内での会話でも、同僚ならいいだろうとペラペラ喋る者は信頼に値しないと私は考えます。今回の件を含め、改めて使用人の教育をすすめます」

「奥様のお言葉の通りです。早急に対応させていただきます」

「そうしてちょうだい」

ここまで話して、さすがに疲れたな、とため息をついて冷めたハーブティーを飲んでから、今度は俯いたままのアルジを見る。

「アルジ」

「はい。どのような処分もお受けいたします」

顔色が悪いまま、深々と頭を下げたアルジに私は軽く頭を振った。

「たしかにブルー隊長とあのように辺境伯家の内情を、面白おかしく喋るのは侍女としてあるまじき行為です。そこは反省を」

「はい」

「しかし私付きの侍女という立場を超えた献身に、本当に助けられました。今回の事は大いに反省もしているようですし、私からの厳重注意という事で終わりにします。いいかしら、侍女長」

「奥様の温情、感謝いたします」

「ネオン様、ありがとうございます」

「さて、ここからの話は二人とも座って聞いてちょうだい」

驚いたように顔を上げ、涙をこらえて再び頭を下げたアルジと、その背を擦る侍女長の姿に、しっかり信頼関係ができているようだと思いながら、二人に私の前にあるソファに座るように促した。

ゆっくりと座った二人のうち、私はアルジに頭を下げた。

「先ほども言ったけれど、この二週間、本当に助かったわ。心から感謝しています。ありがとう、アルジ」

「そんな！　ネオン様に頭を下げていただくようなことは……」

「いいえ。慣れない環境で、不出来な私と共に昼夜関係なく本当によく働いてくれたわ。指示する私だって疲れ果てたのだから、受け取る側の貴女はそれ以上に辛かったでしょう。そこでまず特別手当を出します」

私は用意していた紙を取り出し、アルジと侍女長に差し出した。

「今月のお給金にこれを上乗せします。受け取ってちょうだい」

それは事前に確認しておいたアルジの侍女としての給料二か月分で、目玉が落ちるのでは？と思うほど大きく目を見開いたアルジは私に首を振り、叫ぶ。

「そんな、ネオン様！　いただけません！」

「いいえ。これは貴女に対する正当な報酬です。このことに異論は受け付けません。侍女長、これを家令に渡してちょうだい。私の私費から、と」

「かしこまりました。アルジ、奥様のお気持ちなのです。お断りする方が失礼なのですよ、ありがたくお受けしなさい」

「……では、ありがたくちょうだいいたします」

こらえきれなくなったのか、涙を零すアルジに私は微笑む。

献身に対してお金を払う、というのは俗っぽくてどうかと思ったが、元々主従なのだから、うやむやにするよりは良いだろうと考えたのだ。

「受けてくれてよかったわ。それと、これからの話なのだけど」

私のその問いかけに、二人が顔を上げる。

「もともとアルジは辺境伯家の侍女です。今まで私の我儘で医療院の仕事に付き合わせてしまったけれど、医療班の人数も揃い、ようやく道筋が見えるところまでたどり着きました。ここで一度けじめとして、アルジには辺境伯家の侍女としての仕事に戻ってほしいと思っているの」

「そんなっ！　ネオン様！　私はネオン様のおそばで医療班の仕事も……！」

「いいえ、アルジ」

アルジの言葉を遮り、私は告げる。

「貴女の働きには心から感謝しているわ。どんな感謝の言葉を尽くしても足りないくらいよ。けれど貴方は辺境伯家の侍女。医療班の事は、私の我儘に従っただけ。いつまでも雇用契約を無視した働きをさせることは、私の管理責任を問われるの。医療班にアルジがいなくなるのは本当に寂しいけれど、貴方はここで、侍女として私を支えてちょうだい」

「……」

膝の上でこぶしを握り、うつむいたアルジに寄り添う侍女長に、私は告げる。

「侍女長にも、大切な侍女を私の我儘に付き合わせた事を詫びるわ。彼女は立派に私の右腕として働いてくれました。彼女は素晴らしい侍女よ、感謝しているし、これからもそばにいてほしいわ」

「かしこまりました」

侍女長の言葉に、私は一つ頷いて、心持ち声を大きく出す。

「話はこれでおしまいです。今日はもう遅いし、私も寝るだけなので、二人も休んでちょうだい。遅い時間に呼び出して悪かったわね」

「かしこまりました。それでは失礼いたします。アルジ、奥様にご挨拶を」

「お休みなさいませ、ネオン様。失礼いたします」

「ええ、アルジもゆっくり休んでね。侍女長も」

静かに頭を下げて部屋から出ていった二人をソファに座ったまま見送ると、冷たくなったハーブティーを口にした。

「……ちょっと、寂しいわね」

私は誰に聞かせるわけでもなく、そう独り呟いた。

# 七章　感情のジェットコースター（この世界にはないけど）

「ネオン様、起きていらっしゃいますか？」

「ええ、大丈夫よ」

カーテンが開く音でまどろんでいた私は、ベッドに近づく前にそう声をかけてくれた侍女に返事をし、のろのろと体を起こした。

少し重い手足をしっかり伸ばしてベッドを降りると、用意された洗面用の冷水で顔を洗い、寝間着を脱いで清潔なシャツとトラウザーズを手に取る。

シャツのボタンを留め、トラウザーズを穿いて鏡台の前に座ると、一人の侍女が髪を整え始めてくれ、もう一人がショートブーツを履かせてくれる。

自分で履きなさいよ、と思われるだろうが、この世界の編み上げブーツには当然ファスナーがない。毎回、細い革紐を穴に通し締めあげを繰り返すのだ。

（この世界にファスナーがあればすごく楽なのに。ビーズと一緒に服飾革命かしら？　でもあの仕組みってどうなってるの？）

当たり前のように使っていたファスナーの構造を思い出しながら、髪を編んでアップにしてもらうと化粧は拒否して部屋を出たのだが、今日は見慣れた笑顔がない事に気が付いた。

「今日はアルジがいないのね？　おやすみ？」

「は、はい。あの、そうですね？」

（……なにかしら？　含みがあるけれど）

そのはっきりしない回答に、私は首を傾げながら食堂に入ると、そこにはなぜか家令が立っていた。

「おはようございます、奥様」

「おはよう。こちらにいるなんて珍しいのね。旦那様はよろしいの？」

慈善事業のこともあり、やり取りは増えたものの、こちらには滅多に来ない人が珍しいと思いながら、頭を下げる彼に声をかけ、席に着く。

すると彼は頭を上げ、なぜか普段は侍女が行う給仕を始めた。

「旦那様は本日、領地視察のため、すでに出発されておいでです」

「そう、お忙しいのね」

家令によって手際よく並べられる果物サラダとパンとオムレツ、果実水と紅茶を見、それから隣に立つ家令を見る。

「ところで今日はなぜこちらへ？」

「昨日、侍女長に伺いました件について、使用人の教育がなっていなかったことへのお詫びに参りました」

「昨日の噂の件ね。その謝罪は侍女長から受けているから必要ないわ」

「いいえ、私の監督不行き届きでございます。申し訳ございません」

きっちりと頭を下げた彼の言葉は完璧のはずなのに、なぜか違和感を覚えた。

「では、その件は顛末の報告を聞いてから判断します。……で、貴方はそのためだけに来たの？」

改めて聞けば、背筋を伸ばした家令は静かに頭を下げた。

「いいえ。本日は、辺境伯家を預かる家令として奥様にお願いに参りました」

「何かしら？」

その言い方にひどく気持ち悪さを感じ、私は気を紛らわせるために紅茶にミルクとはちみつをたっぷり入れる。

「旦那様のことでございます」

ティーカップに伸ばした手を止め、彼を見る。

「何かしら？　契約違反はしていないつもりだけど？」

ザラリ、ザラリと嫌な気持ちが降り積もっていく。

「是非、奥様には旦那様に寄り添っていただきたく存じます」

（お前もかっ！）

家令の言葉に心で盛大にツッコミを入れつつ、冷静に言葉を選ぶ。

「夫婦のことに口を出すのは、家令でも失礼なことなのではなくて？　しかも貴方は契約を知っているでしょう？」

「無礼は承知の上。しかし私は、辺境伯家の繁栄を願っております。ですからどうか奥様にはお屋敷にお戻りになっていただき、旦那様に寄り添い、辺境伯夫人として……」

「くどい」

カトラリーを手に取った私は、ざくりと果物を行儀悪くフォークで刺した。

「契約を忘れたのかしら？　貴方が口にしていることは、貴方の大切な旦那様と私の契約に支障をきたすものよ？　私は、表立っては辺境伯夫人として求められることは最大限やっているつもりです。そもそも契約者は旦那様と私。使用人の貴方に何か言われるようなことではないわ」

果物を刺したままのカトラリーをそのままお皿の上に置き、果実水だけを飲み干した私は椅子から立ち上がる。

「契約にある事柄、そして辺境伯夫人として始めた慈善事業に関して、私は約束を守ります。しかしそれ以外は契約違反ですので決して行いません。契約に関して変更があれば、旦那様が私に申し立て話し合う事柄で、貴方に意見されるいわれも権限もありません。この関係は契約に基づいたものよ」

「奥様、しかし旦那様は……っ！」

はぁ、とため息をついて私は扉に向かって歩き出す。

「朝食をいただく気も失せたわ、もったいない。厨房には、食事を無駄にしてごめんなさいと謝っていたと伝えてちょうだい」

まだ何かを言おうとする家令の言葉を遮り、そばにいた侍女へそう伝えると、肩越しにちらっと家令を見た。

「小娘になら何度もお願いが通ると思っているの？　勘違いも甚だしいわ。教育する側がこれだから、辺境伯家の使用人が問題を起こすのよ。まず己の身を律することから始めなさい。これ以上、私へ契約を越えた過干渉や意見をするのなら、旦那様側の契約不履行で契約破棄を願い出ます。心得ておきなさい」

「……かしこまりました」

頭を下げた彼を一瞥し、私は怒りに任せ急ぎ足で食堂を出ると、そのまま用意された馬車に向かった。

従者が用意してくれた馬車に乱暴に乗り込むと、慌てた様子で追いかけてきた侍女が、隊服や鞄など一緒に小さなかごを渡してくれる。

「ネオン様、こちらを。お仕事に向かわれるのに朝食抜きではお体に障ります。移動中にお召し上がりください」

カゴにかけられたナプキンをそっと剥ぐと、中にはサンドイッチと焼き菓子が詰められていて、あの騒ぎの中、慌てて用意してくれたのだと心遣いを嬉しく思う。

「ありがとう、いってきます」

「いってらっしゃいませ」

いつもの侍女とメイドに見送られて、馬車はゆっくり走り出す。

（そういえば、最後までアルジを見なかったわ）

サンドイッチに手をのばしながら思案した私は、家令の顔を思い出して慌ててその思考をよそにやる。

（もう！　朝から嫌な気分！）

馬車の中で人目もないため、貴族の仮面を取っ払い、市井で暮らしていた時のようにサンドイッチを鷲掴みにすると口一杯に頬張った。

ガシガシガシガシと噛み砕き、飲み下し、果実水を瓶のまま飲むが、さすがに袖でぐいっと口元を拭くわけに行かず、ナプキンを使う。

（あの髭ネズミ！　なにが旦那様に寄り添えよ！　えぇ、えぇ、そのつもりだったわよ、あの瞬間まではね！　それを最初に拒否したのは旦那様なのよ！）

がしっと焼き菓子を掴み、口の中に放り込む。

砂糖たっぷりの焼き菓子を噛み砕き、果実水と一緒に一気に飲み下す。

（そもそもこんな結婚したくなかった。宿屋のネオンで十分幸せだったのに！）

本当なら、あの雑然とした酒場兼宿屋で、今も働いていた。

こんな窮屈な生活をするつもりなんてなかったし、考えたこともなかったと、芋づる式に嫌なことを思い出し、うんざりして馬車の窓の外を見る。

護衛の騎士が斜め前と斜めうしろに位置し、並走している奥に、深い緑の木々が連なる風景が流れていく。

「……あ」

うっそうとした景色の中に現われた、白い光に目を奪われた。

あっという間に遠ざかってしまったのにその姿かたちが見えたのは、思い出深い白い花だったせいだろう
行ってしまった見えない花を窓越しに探す。

この辺りに自生しているのだろうか。

(最初に貰ったのと、同じ花だった……)

僅かなきっかけが引き金になり、市井で働いていた酒場兼宿屋の香り、風景、お別れも言えなかった優しい人たちを思い出し、心が沈んで落ちていく。

うつむき、カゴを強く握り、涙をこらえ、唇を噛む。

忘れよう、もう思い出さないと決めて閉じ込めた気持ちは、こんな些細なきっかけで、忘れないでと心にあふれる。

八歳で市井に放り出されてからの十年間。

貧乏暇なしとはよく言ったもので、本当によく働いていた。

日々に追われ、あかぎれした手をかばいながら雑巾を絞り、鳴るお腹を抱えて薬を買いに行き、華やぐ店先の前で、繕ったスカートの裾を握り絞めた。

それでも、そんな生活の中でも。私は淡い恋をした。

『……やる』

十五歳の初夏。

いつも通りせっせと宿の掃除していた私の目の前に、たくさんの小さな花を束ねたような、珍しいそれを一輪突き出したのは、二、三か月に一度、宿屋に泊まる上客である遊牧商隊の青年だった。

古今東西さまざまな珍しい品を、街から街へ、国から国へと運ぶ遊牧商隊を魔物や破落戸《ごろつき》から守る護衛剣士だった。

『……あの、お客様……？』

突き出された花に戸惑う私に、彼は構わず続ける。

『珍しいだろう？　アナベルという。移動中に見つけた。お前にやる』

何が起きているのか理解できず、雑巾を落としてしまった手を掴んだ彼は、その白い花の枝を握らせると、はにかむように、困ったように眦《まなじり》を下げた。

『お前はいつも難しい顔だな。せっかく可愛いんだ。俺にだけ……もう少し、その……笑ってくれないか？』

最初は勢いよかったものの、徐々に小さくなる甘い声に、私は火が付いてしまったんじゃないかを思うくらい顔が熱くなって、思わず大きな声を上げた。

その声を聞きつけた親父さんとおかみさんがものすごい形相で駆け付け、大慌てで彼から私を引き離すと、私を抱き締めたおかみさんの向こうで、ものすごい剣幕で親父さんが彼に詰め寄ったが、彼がなにか伝えたことで突然大笑いし、おかみさんに耳打ちで何かを伝えた。するとおかみさんも豪快に笑い、腕の力を緩め私を離すと、床に落ちた花を拾い、ウインクをしながら私に握らせた。

『ネオン。アイツはね、アンタの事がずっと気になってたんだってさ』

『へ？』

『まぁまぁ、可愛らしいねぇ、嬉しいねぇ。アンタ！　この子はあたしたちの大切な娘だ、絶対に泣かすんじゃないよ！』

私の頭を撫でた親父さんとおかみさんは、そう言ってさっさと持ち場へかえってしまい、私は彼と二人、そこに残された。

『え？　ちょっと、まって……』

置いて行かれた私は、言われた言葉を反芻し、ようやく意味を理解すると、慌てふためき、油が切れた機械の様な動きで彼を振り返った。目が合った彼は困ったように笑い、近づいてきた。

『すまない、驚かせるつもりはなかったんだ……』

そう言って頭を下げた彼は、改めて私に名乗ると同時に、私が初めて他者から受け取る、淡く優しい気持ちを伝えてくれた。

『――好きだ』


背の高いその人は、剣士というわりに細身で物腰も所作も柔和できれいだった。

ムラのない褐色の肌は遠い異国の血族の証で、長く真っ白の髪は小さく何本も編み込んで高い位置で結い上げ装飾が輝き、夏の日の鮮やかな空のような青い瞳に良く似合っていた。

アナベルの花を貰ってからは、宿に滞在するたびに、必ず赴いた先で見つけた花をくれ、時折そこに、異国の珍しい菓子や小さな装飾品も添えられていた。

いつももらってばかりで心苦しく、かといって何も持たない私は、悲しくて情けなくて、渡せるものがなくてごめんなさいと何度か謝ったことがあったが、そんな時は決まって、そんなものはいらない、ただいつも笑って迎えてくれればいいと言ってくれた。

汚いであろう泥と油の塗りこめられた髪も顔も、可愛らしいと言ってくれた。

日々の暮らしで手一杯だった私には、彼の存在が唯一の心の拠り所だった。

数か月に一度の輸送隊の到着を心待ちにしながら仕事をし、彼らが次の目的地に向け出発するときは、いつも悲しくて泣いた。

親父さんもおかみさんも、彼が無事で帰って来たときは一緒に喜び、出発を見送った後は次も会えるよ、安心しなと私を励ましてくれた。

あの日も。

先行隊の知らせで、夜には商隊が到着し、彼に逢えるはずだった。

公爵家の当主が気持ち悪い笑顔で私を迎えに来なければ、私は彼を出迎え、花を貰って微笑んでいるはずだった。

(公爵家当主《あのじじい》さえ、来なければ)

気持ちがどんどん重くなる。

(あの日に捨てたはずなのに、こんなの、思い出すんじゃなかったわ)

息を吐いて外を見ると、すでに辺境伯騎士団の砦が見えてきていた。

「あぁ、もう着くのね」

慌ててカゴに残るサンドイッチとお菓子の残りを食べると、果実水の残りで喉を潤し、ナプキンで口元と手をきれいにして、気を引き締める。

(契約上、辺境伯夫人であり続ける間は、あの人たちには会う事は二度とない。そもそも汚していない姿すら見せられなかった関係性の上の生活だったもの。えぇ、大丈夫。家族のためだもの、未練はないわ！)

淡く儚い、宝物のような初恋。

手放さなくてはならなかったそれは、けれど、知らないまま政略結婚させられなくてよかったと気持ちを切り替え、思い出しそうになった名前をぎゅうぎゅうと心の奥底に押し込んで、私は気持ちを切り替えた。


医療院の前に立つ警護の騎士に挨拶し、重い扉を開くと、リィンリィンと、昨日まで耳にしたことの無い鈴の音が聞こえた。

「……鈴？　いったい誰が？」

見上げれば扉の上方に二つの金の鈴が揺れていて、これが音の犯人ね、と思いながら医療院受付を見れば、昨日設えたのと少し光景が変わっていた。

机を並べて作っただけの受付には、白いクロスがかけられ、その上には淡い青の花が一輪揺れている。

「おはようございます、隊長」

「おはよう、アーカー。お客様への対応以外は座っていて大丈夫よ。血流の循環を促す運動だけは忘れないようにね。ところで、きれいなお花とクロスね」

受付に座る物資班の隊員が、私に気付き杖を取り出して立ち上がろうとするのを制し話しかけると、彼ははい、と笑った。

「では、御言葉に甘えてこのまま失礼いたします。花とクロスはアルジさんが用意してくださったんです。たった花一輪ですが、心が和みますね」

「アルジが？」

今朝姿を見せなかった侍女の名に、私は首をかしげる。

「受付らしくなるよう用意されたそうです。隊長、本日の御予定を。午後よりリ・アクアウムにてバザーの打ち合わせ、お医者様との面会予定で、馬車は昼食後に手配済と、本日休暇をいただいているガラ班長より伝言です」

「わかりました、ありがとう。では今日もお願いしますね」

「かしこまりました。あ、隊長！　そういえば副団長殿が、本日から配属される隊員四名とすでにお見えになっています」

「もう？　ではお待たせしてしまったのね。ん？　……四名？」

「はい、四名です。思い切った事をされましたね、尊敬します」

「……？」

言葉の真意がわからないまま、受付の横を通り、壁代わりの衝立の間を抜けて入院治療エリアへ入ると、ナースステーションに当たる部分にはカルヴァ隊長と三名の平騎士の隊服を着た人影が立っていた。

（三人よね？）

「ネオン隊長。おはようございます」

私に気付き軽く頭を下げたカルヴァ隊長に、私は足早に近づき、挨拶をする。

「おはようございます、カルヴァ隊長。お待たせして申し訳ありま……」

頭を下げた時に見えた人影に、私は一瞬動けなくなった。

「アルジ！」

カルヴァ隊長とほかの隊員のちょうど影になる場所に、黒のトラウザーズに少し大きい隊服を着用したアルジの姿を見て声を上げる。

「貴女、何してるの⁉　その恰好は……」

吃驚したままの勢いでアルジに詰め寄ろうとした私に、カルヴァ隊長がまぁまぁと間に入る。

「私から紹介しましょう。本日付で騎士団へ入団、医療班に配属になったアルジ・イーター、そして本日付けで医療隊へ正式移動になったウィス・テリア、レンペス・グリーン、アペニーバ・ファーの四名です」

「本日から入団、配属……？」

理解できず混乱する私に、カルヴァ隊長は柔らかな笑顔で頷いた。

「彼女は辺境伯家より正式な紹介状を持ち入隊を希望してきました。女性の入隊は南方辺境伯騎士団では三例目。上司となるネオン隊長も女性であるため、特別に許可されました。挨拶を」

「アルジ・イーターと申します。不慣れなことが多く、皆様にはご迷惑をおかけするかと思いますが、ご指導お願いいたします」

しっかりと腰を折り、あっけにとられている医療隊のメンバーに笑顔で挨拶をした彼女は、驚きすぎて声も出ない私の前で、もう一度深く頭を下げた。

「昨夜言われたとおり、侍女としてお支えすることも考えました。しかし私は、患者のためにその身を粉にして働く医療隊隊長のネオン様と共に、ここで患者を助けたいと思いました。どうぞ、おそばにおいてください」

その言葉に、私はただ困惑し、どう言葉を掛けたらいいのか思い悩む。

(この感情は、何と言ったらいいの)

びっくりした？

呆然とした？

毒気を抜かれた？

どれも違うかもしれないが、ひとつだけはっきりわかった事はある。

それを口に出してよいのか、悩み、考え……私はアルジの肩を叩いた。

「貴女の覚悟が固いと言うのはよくわかりました。アルジがそばにいてくれたら、本当に心強いし嬉しいわ。改めてよろしくね。みなさんもよろしくお願いします。ではこのまま朝礼を始めましょう。カルヴァ隊長、お忙しい中、隊員をお連れくださりありがとうございました」

「あぁ、その笑顔を拝見して安心しました。何かお困りごとなどございましたら、いつでも仰ってください。それでは、失礼いたします」

「承知しました、ありがとうございます」

互いに笑顔で会釈をし、鈴の音でカルヴァ隊長が出ていかれたのを確認すると、私は隊員を集めて朝礼を始めた。

夜間の患者の様子の確認と、本日行うケアの分担を決めたあと、私はアルジを抜いた本日配属の三人を、出勤している看護班班員とペアを組ませ、共に行動してもらうよう指示を出す。

「では、ラミノー。新しい班員をお願いね」

「はい。しかし今日出勤して驚きましたが、こうして入院患者の部屋として確立すると、気が引き締まりますね」

処置道具の用意をしながら感心したように言うラミノーに、私も頷く。

「ラミノーは昨日お休みだったものね。ここはある意味、戦場と似て非なる命を預かる場所。療養の場として整い、且つお医者様が常駐すればもっと気が引き締まるわ。そうだ、私は午後からお医者様にお会いしてくるので、不在の間、患者様はもちろん、班長として新人の指導もお願いね」

そう言うと、え？　と驚いた顔のラミノーが恐る恐る私に尋ねた。

「あの……アルジ殿が班長になるのではないのですか？」

「いいえ？　何故？」

言われている意図がわからず首を振ると、ラミノーは至極真剣な顔で言う。

「アルジ殿は立ち上げ当初から奥様のそばで働いていました。ですから医療隊員になった以上、そうなるものかと……」

「それは、貴方も一緒ではないの？」

さらに首をかしげて私は言う。

「ラミノー、エンゼ、アルジ。あの時、三人で手伝ってくれじゃない。本当に嬉しかったのよ？」

指折り数えて名を呼んで、それから私はしっかりと、彼を見上げて言う。

「四人で始めた医療隊よ。私は隊長になったけど、今でもそう思っているわ。そして、毎日一緒に働く中で、ラミノーが班長として適任だと思ったからお願いしたの。増築中の新棟が完成したら、こちらを重傷者、新棟を軽症者《せきにんしゃ》・回復者の病棟に区分けし、旧棟副班長をエンゼ、新棟副班長をアルジにして、貴方に纏めてもらうつもりよ？　私も隊長としてここにいるけれど、辺境伯夫人としての執務もあるから不在も多い。その時は、三人とガラとで相談しながら、うまく運営してほしいと思っているわ」

私の話を最後まで黙って聞いていたラミノーは、涙をこらえるようにぎゅっと眉間に力を込めると、深く頭を下げた。

「ありがたく、頑張らせていただきます」

その言葉を聞きながら、私は反省した。

（そんなつもりはなかったのだけど、成り行きで班長になったように思わせていたのね。お願いするとき、きちんと言葉にしなきゃ駄目ね。責任者って大変だわ……ありがとう、師長さん！これからも私がやる事見守って、たまには夢に出てご指導ご鞭撻くださいね！）

前世、厳しくて優しくて強かった片頭痛持ちの師長を思い出し、心の中で拝んでいると、心配して近づいてきたエンゼとアルジにラミノーが頭を下げ、そんな彼に二人は冗談を言い、笑い合っている。

（いい仲間だわ）

涙交じりで笑い合う三人に安堵し、羨ましいと感じながら、私は声をかける。

「三人とも、とっても期待しているから頑張ってね。今は患者が四人だけだけど、最初は二十四人。あの忙しさと大変さはいつか再び来る現実よ。いつあの状況に戻っても落ち着いて仕事が全うできるように頑張りながら、魔物の強襲が起きないことを祈りましょう」

「本当ですね……」

最初《あのひ》の状況を思い出し、四人でため息をついた時、鈴の音と共に数人が受付とやり取りをしている声が聞こえ、そちらを見ていると、衝立の隙間かアーカーが顔をのぞかせた。

「隊長」

「どうしたの？」

「実は、鍛錬の時に剣で怪我をしたらしいのです。この場合、お受けしてもよろしいですか？」

その問いに私は頷く。

「もちろんよ。すぐに中に入って頂いて。ラミノーとエンゼは分担表通り入院患者の処置と清拭《せいしき》、新人の指導を任せるわ。アルジは処置の手伝いを」

「はいっ！」

四人で頷き合い、私たちはそれぞれの仕事に入る。

用意したばかりの診療エリアに怪我人が入ってくると、私は傷口の洗浄と観察を始める。

（あぁ、たいしたことないわ、良かった）

それは手のひらにできたすこし深めの刀傷で、私は処置をしながら怪我をした経緯を確認し、ため息をついた。

「鍛錬中におふざけは感心しません。この程度で済んだからよかったものの、これ以上傷が深ければ、腕を失う可能性だってあるのです。明日から治るまで毎日傷の処置に通ってください。それから傷口が開く可能性がありますから、しばらくは手に力を入れないように」

「……ありがとう、ございました」

剣の鍛錬中に遊び半分で剣を放り投げて受け損ね、怪我をしたらしい騎士と言うにはまだ幼い少年は、意気消沈したまま医療院を出て行った。

軽いお説教で終わらせたのは、入隊したての十二歳だったからだ。

正直言えば、傷口に当てられた手巾が真っ赤に染まり、これは深く傷口を縫う必要があるかと危惧したが、洗い流せば出ている血液量に対して傷口は小さかったため、止血し手巾を当て包帯で固定するだけで済んだ。

念のため傷口が閉じるまでは患部を安静にするように申し伝えたが、傷はすぐに治るだろう。

（前世では医行為《いこうい》は医師の指示の元、看護師が行うのが原則だし、絶対的行為として病気の診断はしちゃダメなのだけど、この世界に前世のような医師法がないし、正直、緊急時なら裁縫用の針で縫うこともやぶさかではないわ。あぁでも、医療用の針と違って裁縫の針は鋭角じゃないから、絶対皮膚に刺しにくいし、麻酔もないから激痛が予想されるのよね……傷が浅くてよかった。

でも、花祭りが終わったら、医療用ホッチキスやテープ縫合用の粘着力があって強いテープ、創部保護剤の開発を本気で取り組まないと……しかしまぁ）

「騎士団なのに、剣の扱いや注意点、心構えを教えないのかしら」

後片付けをしながらぼやいた私の声を聞き、周りにいた看護班の隊員が笑う。

「まぁまぁ。それまで騎士に憧れていた子どもが入隊し認められ、初めて自分の剣を貰うんです。俺にも心当たりありますが、もう大興奮ですよ。指導されてもつい調子に乗っちゃうんですよ」

そう言って手首についた古い刀傷を見せてくれたのはラミノーで、続いてエンゼ、新隊員のウィスも、手の甲や足についた傷を見せてくれた。

「まず剣で怪我をするまでが騎士のお約束なの？」

「まぁそうですね。今思えばガキだなぁと思いますが、剣を持った瞬間、自分がすごく強くなった気がしたんです」

「そういうものなんですか？」

「そういうものです」

アルジの問いかけに、にかっとエンゼが笑って答える。

（こういう男の無邪気さ？　は世界が変わっても変わらないのね）

ちょっと呆れながら、清拭を終えた隊員に水分補給を促すと、離床訓練《リハビリ》の準備を始めたのだが、隊長は午後のお出かけの時間まで、書類仕事をしてください！　とみんなに執務室へ追いやられてしまった。

しかもアルジまで『ごゆっくり』と紅茶と菓子を置いて行ってしまったのだ。

「上司は留守がいいってこと？　まだ半月なのに？　心強いけど寂しいわ……」

と、ついぼやいてしまうほど寂しい気持ちになるが、みな、こまめに報告連絡相談には来てくれるので締めて執務に向かった。

扉を開放し、窮屈な隊長服を壁にかけ、執務机に積み上げられた書類をさばき、それに飽きたら気分転換に前世の記憶にある『新人教育マニュアル』に従って『看護班業務マニュアル』を作る。

傷の洗浄、包帯の巻き方、清拭、陰部洗浄、食事介助、口腔ケア等。ここで行う看護手技《かんごしゅぎ》一つ一つを、根拠をもって正しくケアを行ってもらうため『ケアをする目的』『そのケアをする際の注意事項』『ケアに必要な物品』『ケアの手順』『ケアをする際に注意するべき項目』と順序だてて作成する。

この看護技術マニュアルがあれば、新人でも大丈夫！　にするべく、なるべく詳細に書いていく。の、だが。

「……付けペンが辛い、ボールペン、いやせめて万年筆……無いものねだり、駄目、絶対。いや、でも辛い……」

呻くように声をあげながら、地道にペン先をインクに浸し書き綴る。

（解りやすく書くのって難しいわ。清拭だけで飽きてきた。ちょっと基礎看護技術の教科書だけでも転移させてくれないかしら……？）

いや、それならいっそ前世の医療自体を転移させてほしい、と近頃癖になった『無いものねだり』をしながら書き進めていると、執務室の壁が叩かれた。

「ネオンさ……隊長。馬車の用意ができた、との事ですが、出発できますか？」

アルジが顔を覗かせ恐る恐る声をかけてきたことに、私は驚いて顔を上げた。

「もう、そんな時間⁉　ごめんなさい、昼食介助、終わってしまった？」

「いえ、まだ予定の時間ではありません。ですが、出発時間が変更になったとの事で、九番隊隊長がお迎えに来られたのです」

「迎え？　ドンティス隊長が？」

（今日は一人の予定だけど……なぜ？　なにかしら、嫌な予感しかしないわ）

昨日といい今日といい、腹の立つことばかりで悪い想像が浮かぶが、騎士団の中では新人の私が古株の隊長をお待たせするのは失礼と判断し、椅子から立ち上がる。

「すぐに参りますとお伝えしてちょうだい。急いで用意するわ」

「かしこまりました」

アルジが一階へ向かう中、私は壁にかけた隊長服と鞄を手にし、部屋を出る。

馬車の中でお待ちですと言われたため、みんなに後をお願いし、馬車のそばに立っていた護衛担当の騎士の指示に従って乗りこもうと手すりに手をのばした時だった。

すっと中から差し出された大きな手をありがたくお借りし、乗り込む。

「ありがとうございます、ドンティ……」

席に座るために態勢を整えながら、お礼を言うために顔を上げた私は、私の手を取っている人の顔を見て目を見開いた。

「旦那様⁉」

目の前にいたのは仏頂面の旦那様で、しかも馬車の中は、右側に私の手をとる旦那様、その前の席にはすでにドンティス隊長と神父様が座っている。つまり、自動的に私が旦那様の隣に座らねばならないのだ。

（なんて余計なことを……）

相手に気付かれないよう肩を落として座ると、外からアルジの声が聞こえた。

「隊長、こちらを。菓子とハーブ水です。昼食の代わりになさってください」

アルジが持ってきてくれたのは、朝食が入っていたカゴで、慌てて用意してくれたのだろう。

「でも私の分だけでは……」

「いいえ、皆様、昼食は終わられていると確認しておりますので大丈夫です」

「ありがとう。あとはよろしくお願いね」

「はい」

言い終わると、馬車の警護を勤める騎士様が扉を閉め、外から鍵が掛けられると、馬車はゆっくりと走り出す。

突然の来訪、予定の変更、策略。これらのせいで一気に地の底まで落ちた私の機嫌だが、この面子を前に淑女の仮面を外すわけにもいかず、ひとまず怒りはカゴを抱えた指に集中させて微笑み、神父様に頭を下げた。

「先日はありがとうございました。お礼に伺う事ができず申し訳ございません」

「いえいえ、ネオン様がお忙しいのは承知の上。そして私は職務を全うしただけのこと。ご案じ召されるな」

「ありがとうございます」

もう一度頭を下げた私は、自分の右側に座る二人に視線を向けた。

「ところで。神父様がいらっしゃるのはわかるのですが、何故団長とドンティス隊長がいらっしゃるのです？」

その問いに笑顔で答えたのは、ドンティス隊長だ。

「実は、物資輸送の件で厩舎《きゅうしゃ》へ行きましたところ、ネオン隊長がリ・アクアウムへ視察に出向かれると耳にしまして。ちょうど私も祭りの事で行かねばならない予定があったので、ならば共に行けば無用な手間も省けるだろうと、団長に願い出たところ、団長も警護の下見に出向かれることになった次第です」

（胡散臭いし、取って付けたような理由だけどさすがに文句も言えないか……）

そう思いながらも、私は淑女として微笑む。

「さようですか。花祭りが近いと騎士団も大変ですね。しかし、今後は事前にお知らせくださいませ。そうすればお待たせすることもありませんから」

「おぉ、それは申し訳ない事をしました。お詫び申し上げる」

「次回から気を付けてくださるのであれば、謝罪は結構ですわ」

にっこりと笑いそう言った時、視界の端に光が見えて窓の外を見た。

木々が揺れる中、朝と同じ白い光を見つけ、さらに心が沈んでいく。

それを止めるように視線を手元に戻すと、空腹だと勘違いしたのか、ドンティス隊長が声をかけてきた。

「ネオン隊長。どうぞ、我らに遠慮なさらず昼食をお取りください」

「いいえ、あとでいただくので結構ですわ」

（食欲なんか、旦那様と隊長の顔を見た瞬間に消え失せたわよ）

そもそも、三人も男性が乗っている馬車の中で一人食事を取るとか、淑女云々関係なく食べにくいのに気付いてほしいと思い、にっこり笑ってお断りし、どうにか彼らと別行動がとりたいと考える。

「皆様はお忙しい様子ですので、リ・アクアウムにつきましたら、私の事は大通りで降ろしていただけますか？」

そう言うとドンティス隊長がとんでもない、と首を振る。

「お一人では危険です」

「リ・アクアウムは、日が高いうちは女性が一人で歩けると聞いていますわ。商会で資材と子どもたちのお土産を購入し教会に向かうだけですから心配は不要です。どうしてもとおっしゃるのなら、護衛を一人、つけていただければ……」

騎士団は関係ないから引っ込んでいろ！　と言いたいのを我慢して笑顔を向けると、それではとドンティス隊長が手を打った。

「団長とお二人で向かわれるのはいかがでしょう」

（は⁉　絶対嫌！　なんで余計な事ばっかり言うのよ！）

舌打ちしそうになるのをぐっと抑え、私は首を振る。

「旦那様は団長としてお忙しい身。お手を煩わせてはいけません。一人で大丈夫ですわ」

にっこりと笑顔で拒否すると、さすがのドンティス隊長も口を閉ざしたが、私の隣で腕を組みやり取りを聞いていた旦那様が、そうだな、と頷いた。

「一緒に行こう」

(はぁ⁉)

そんな心の声が漏れそうになるのを抑え、私は旦那様を見る。

「お心遣いは有難いのですが、打ち合わせにいらっしゃったのではないのですか？　女神の花祭りは大きな祭りと聞いています。それゆえ警護もかなり大掛かりだと。領主であり団長である旦那様のお仕事の手を、私一人の我儘で止めることはできません」

(ついて来るな！　察しろ！)

「気にするな」

「気にします」

旦那様には私の言葉が通じない。共通言語を話しているはずなのに、だ。

「どうぞ旦那様はご自身の責務を全うなさってください」

「大丈夫だ。君の行う慈善事業は領主として興味がある。今日はあの魔道具を使っていない。その姿はかなり目立つ。警護する側も君一人より私といたほうが人手を割かずに済む。甘えるがいい」

(甘えたくない、というか甘えじゃない！　やだやだ！　絶対やだ！)

「かしこまりました」

心の中で必死に反論するが、現実は頭を下げ了承するしかなく、相反する行動と気持ちに苛立つもそれを表に出せず、顔をあげれば、目の前では若夫婦は仲睦まじいですなと満面の笑みでドンティス隊長が神父様に話していて、これは確実に『二人の仲を取り持つために頑張ろう！』的、あの失礼な家令と同レベルの思考での行動なのだとわかる。

（神のしもべである神父様はお仕事柄仕方がないのでしょうけれど、家令といい、ドンティス隊長といい、なぜ当人を無視した行動ができるの⁉　鼻先に契約書を叩きつけてやろうかしら？）

一昨日から本当に散々な状態である。

私は手の中のカゴを持つ手に力を込めながら、しみじみため息をついた。

## 八章　医師、降り立つ

「それで、どこに行くのだ？」

騎士団駐屯地で馬車を降り、女神の花祭り実行事務所へ向かったドンティス隊長、教会へ向かった神父様とお別れした私は、三人の護衛と旦那様に囲まれてお通夜……いや気持ちを新たに大通りに出た。

「教会のバザーの品物を作るために、刺繍糸や裁縫道具の購入を」

「なるほど。では我が家の分家で、製糸を扱う商会がある。こっちだ」

ごく自然に、旦那様が私に向かって手を出された。

「失礼します」

夫からのエスコートを拒否するわけにもいかず、不本意ながら旦那様の手を取り歩くのだが、今日は初めから私に合わせ、ゆっくり歩いてくださっているので随分と歩きやすい。

（しかし視線が痛い）

長く波打つ夕焼け色の鮮やかな髪と、騎士団長の濃紺のマントをなびかせ歩くアジアンビューティーな旦那様と、そんな旦那様に手を引かれ歩く、同じく濃紺に金の房飾りと勲章のついた辺境伯騎士団隊長服を着た虹色の髪の私。

（ものすごく目立ってる）

気にしないようにしていたが、馬車を降りた時からかなり目立っている。

領民たちが往来の片隅に集まりひそひそ話をはじめ、小さな子に『王子様とお姫様だ』と手を振られる。

（これも領主の務め、か）

さすがに無視するわけにいかず、渾身の微笑みを張り付けると、子どもたちに向かってゆっくりと手を振り返す。

すると歓声は大きくなり、人の山も増え始める。

「……今日はやけに人通りが多いな」

「そう、ですね」

（旦那様はわかって言っているの？　天然？　あぁ、もうっ！　目立つ容姿×二は危険だという事がわかったわ！　公の場以外は目的地まで馬車！　歩くときは魔道具使用！　今後は絶対そうするわ！）

心から後悔しながら笑顔を振りまきつつ、目的の商会に入る。

「これは領主様！　言ってくだされればお屋敷まで出向きましたのに！」

「いや、私は祭りの下見のついでに来ただけだ。今日は妻の要件を聞いてやってくれ」

「それは光栄なことでございます。それで、何をお探しでしょうか？」

旦那様のうしろに控える私を見た、ぽってりお腹に人のよさそうな笑顔の『おじちゃま』という表現がぴったりな商会長に挨拶をする。

「はじめまして。モルファ辺境伯が妻ネオンです。本日は普段使いにちょうどよい品質の刺繍糸と、それに合った手巾などを見せてほしいのです」

「かしこまりました。ではこちらへ」

「ありがとうございます」

客の多い商会の中を、会長の案内で移動しながら、旦那様にお伺いを立てる。

「旦那様、私はお品を見てきますが、旦那様はどうなさいますか？」

「一緒に行こう。君が何を選ぶか、興味がある」

「さようですか」

離れてくれればよかったのに、と思いながら旦那様のエスコートで先に進む中、旦那様が商会長に問う。

「そういえば、本の取り扱いもしていたか？」

すると、私たちの数歩前を歩く商会長が嬉しそうに笑って頷く。

「はい。こちらにはございませんが、取り寄せることは可能ですよ」

「そうか。では妻に本を見繕ってやってくれ」

「え？」

「かしこまりました。では先ほどの道具と共にお伺いいたしましょう」

恭しく頭を下げながらこちらへどうぞ、と設えの美しい部屋に通された私たち。上質なソファに座ると、すぐにお茶が運ばれてきた。

それを手にしながら、私は隣に座る旦那様にそっと尋ねる。

「あの、旦那様。先日の本はナハマスが発注してくれましたが？」

「それは医療院で必要な専門書だろう。今日は君が好む本を頼めばいい」

「好きな本、ですか？」

「君は本が好きなのだろう？　書庫の本は読んでしまったと言っていたではないか」

「は、はぁ……」

「それは素晴らしい！　奥様はどのような書物を御好みですか？」

「ええと……」

突然の事に戸惑いながらも、過去に読んでみたいと思っていた本の名前を告げると、商会長はもちろん旦那様も満足げな顔をしている。

（何なのかしら……？）

そうこうしている間には、私の目の前には上質な刺繍の糸と、刺繍を入れやすそうな大小様々な布が並べられたため、その中からハンカチやショールとして使えそうな反物を選ぶ。

（質がいいわね……ん？）

ふと、旦那様の声が聞こえて手を止めた。

どうやら商会長と図面を見ながら今年の祭りの屋台の傾向や昨年の客入りと警護について話をしているようだ。

（私を監視しに来たのかと思ったけれど、本当に業務の一環だったのね）

そう考えつつ、丁寧に刺繍糸や布を手配してくれた女性職員に声をかける。

「あの、ビーズはありますか？　手芸用の、小さな材料なのですが」

「ビーズ……で、ございますか？　聞いたことがございませんが……それはどういったものでございましょうか？」

私の問いに首を傾げる女性職員に、微笑む。

「いいえ、私も聞いただけで詳しくは知らないの。お手間を取らせてごめんなさい。ではこの刺繍糸を一揃えと、こちらの布、それから針に刺繍枠を十人分お願いします。書籍は辺境伯家へ送ってくださいな。それから、申し訳ないのだけれど、珍しい菓子があれば五十人分ほど用意してもらって、この裁縫道具と一緒に教会へ届けてほしいの。少し日持ちする物がいいわ。支払いは私の名で辺境伯家へ請求を」

「かしこまりました」

手際よく作成された注文書に名前を入れて渡すと、女性職員は受け取った書類を確認し深々と頭を下げた。

これで私の必要事項は終わった、と、紅茶を飲んでいる旦那様に声をかける。

「旦那様。お待たせしました」

「終わったか？」

「はい、こちらでの用件はすべて。旦那様の御話し合いはいかがでしょうか」

「ちょうど終わったところだ。では、行くか。人が多かっただろう？　馬車を用意させている」

「……教会へは、旦那様もいかれるのですか？」

教会にまではついてこないですよね？　と願いながら聞き返すと、少しむっとしたような顔で、旦那様は私に手を出してきた。

「行く。君の言っていた、バザーや騎士体験の話を聞きたいからな。今日は世話になった」

「いいえ、領主様、奥方様。今後ともご贔屓にお願いいたします」

「あぁ」

旦那様に続き、私が礼を言おうとしたが、何故か旦那様に手を引かれてしまったため、会釈だけして歩き出した。

商会の職員全員の丁寧な見送りで建物を出た私たちは、民衆の歓声を受けながら護衛の警護の下で用意されていた馬車に乗り込み、窓から集まってしまった領民に笑みを浮かべて手を振る。

「次からはやはり魔道具が必要だな。こんなに民が集まるとは」

「軽率でしたわ、申し訳ございません」

「君を責めているわけではない。すでに工事が始まった教会の仕事に携わる者たちから口伝《づ》てに、孤児院や医療院の慈善事業が始まったことを聞いた領民が君を女神だと言っている、と報告は受けていたから警戒はしていた。だが少々甘く見ていたようだな」

腕を組み、溜息をついた旦那様に、頭を下げる。

「さようでございましたか。まだ何もできておりませんのに、身に余る評価で申し訳ないですわ」

そう言うと、そんなことはないと言った旦那様が、そういえば、と私を見た。

「ところで、君は先ほど商会で何を求めようとしたのだ？」

「……なにをとは？」

「聞きなれない物を探していただろう」

（ビーズの事？　というか、聞いていたの？）

私も旦那様の会話を聞いていたため何とも言えないが、私には興味がないのではなかったのかと驚きつつ、とりあえず説明する。

「ビーズの事でしょうか？　教会のバザーで販売するものを考えていた時に思い出した装飾用の資材です。こちらにそれがあるか確認したのですがどうやらないようですので、騎士団の縫製士に相談するつもりです」

一攫千金のチャンスで、アイデアをほかに漏らすのはどうかとも思ったが、興味なさそうな旦那様にならいいだろうと、私のメモ紙を見せる。

すると手を取った旦那様はその紙を見たあと、私に返してくれた。

「勲章の宝石をはめ込む技術に似ているな」

「ええ。ですが勲章の宝石は爪で石を固定する方法で、技術が必要です。ビーズはそのもの自体の中が空洞になっていますので、穴さえ通れば針と糸で刺繍に止め付けられます。そうすればより良い品になるかと思いましたの」

（いつの世も女性は一点物、特別なものを好む。宝石をカットした際に出る小さな石や採掘で出る屑石でも、加工すればドレスにだって縫い付けることができる。ま、私は内緒の個人資産を蓄えたいので、これ以上は話しませんけどね）

「これは他国の本の知識か？　それもと君が考えたのか？」

「どこの国か忘れましたが、本で見たものを元に考えたのですわ」

まさか前世の記憶です！　と言えずそう答えると、彼は感心したよう唸った。

「バザーといい、騎士体験といい、君は発想力が豊かなのだな」

（すべて前世の記憶と知識ですけどね。記憶チート最高！）

と心の内で万歳しながら、私は軽く会釈する。

「お褒め頂きありがとうございます」

そうこうしているうちに、私たちが乗った馬車は速度をゆるゆると落とし、教会のそばで止まった。

旦那様の手を借り馬車を降りると、何故かそのまま私をエスコートしようとする旦那様だが、客を待たせているからときっぱりと断りを入れ別れると、一人の修道士と、修繕の始まった孤児院のほうへと足を進めた。

ひび割れた壁、ささくれの立った廊下や柱。それを修繕する職人と、お手伝いをしている子どもたちが笑っている姿に、安堵と同時に心が温かくなるのを感じながら足を進め、たどり着いたのは孤児院の中で最も広く、大きな机と椅子があり、人が集まって作業のできる食堂だった。

「まぁ！　辺境伯夫人！　みんな、立ってご挨拶を」

「いいえ、みんな、針仕事をしているのだからそのままでいいわ」

突然の私の登場に吃驚いた修道士が、私へ挨拶をするために立ち上がろうとするのを制する。

「挨拶は不要です。邪魔をしてごめんなさい。医療院の事で用事があって来たから、顔を出しただけなの。できている物を見せてもらってもいいかしら？」

「かしこまりました」

食堂には事前に聞いていた通り、刺繍を教えるためにやってきている辺境伯家の侍女が二名と、それに習って針を動かす修道士と八～十歳くらいの子どもたちが十名ほど集まっている。

「奥様、このようなでき上がりなのですが、いかがでしょうか？」

そばにいた女性の修道士が、自分が刺している物を一度置き、でき上がっている物や、今作っている物を出してくれた。

「まぁ、こんなにできているのね」

渡された完成品の入ったカゴの中の作品を、一つ一つ手に取ってみれば、子どもたちの作った拙いステッチのハンカチから、細部まで美しい刺繍の入ったハンカチ、それにまだ刺し途中のストールまで、いろんな作品があった。

正直、品質の差はかなり大きいけれど、どれも教会の教えを示す模様の特徴がよく刺繍できている。

本当は、大人の作ったもの、子どもの作ったものと大きく二つに分けて値段をつけるつもりであったが、作品の品質を見、それではいけないなと思う。

「どれもとても上手にできているわ。もちろん子どもたちの物も素敵よ。販売するときには、子どもが作ったものと大人が作ったものを分けて販売するのだけど、子どもたちの物も、作品に応じて値段を細かく付けてもいいかもしれないわね」

作品を手に修道士と話していると、つんつんと服を引かれ下を向くと、そばには小柄な男の子が立っていた。

「まぁ」

「あ！　申し訳ございません！　ミーモ、こちらへきなさい」

「ふふ、いいのよ。こんにちは。ミーモ？　どうしたのかしら？」

私は膝を折り、その子と目線を合わせると、その子はもじもじ、と恥ずかしそうに視線を動かしてから、意を決したたしたように私に尋ねてきた。

「王子様なお姫様は、お菓子ときれいな糸をくれたお姫様ですか？」

（王子様なお姫様、とは？）

よくわからずに首をかしげると、くすくすと辺境伯家の侍女が笑いながら教えてくれた。

「実はこの子たちに刺繍の説明する際、これらの材料は誰からもらったのかと聞かれたため、結婚式で配られた絵姿を見せたのです。そうしたところ、旦那様の事を王子様、奥様の事をお姫様だと。ですが本日奥様が隊服でいらっしゃるため、みんな、戸惑っているのです」

言われてみれば、今日は隊服にトラウザーズという姿の私は、なんとなく王子様、というものに見えるかも？　しれない。

「なるほど」

子どもたちの発想はかわいらしいと思いながら私は手をのばし、その子の頭を撫でた。

「こんにちは。私の名前は『ネオン』よ。ミーモは何歳かしら？」

「八歳！」

私の声を聴き、『ほら、僕が言った通りやっぱりお姫様だった！』と、遠巻きに私たちを見ている他の子どもたちが叫んでいる様子を微笑ましく思いながら、私は目の前にいる焦茶色の髪に茶色い瞳の男の子、ミーモに問いかける。

「ミーモは、刺繍は楽しい？」

それには、彼はうんうんと大きく頷いた。

「うん、面白いよ！　いまはこれを作ってるの。女神さまのキラキラ！　あのね、お姫様がくれたお菓子、とってもおいしかったです。ありがとうございました」

目をキラキラと輝かせ、自分が刺繍している物を持ってきて見せてくれ、お菓子のお礼まで言ってくれた彼の刺繍を受け取り、ぶら下がっていた針を、刺繍枠の外の角に刺して固定してから、その縫い目を見る。

キチンと形は模しているものの、縫い目は荒く、しかしとても目を引く独創的な色使いの刺繍に、昨日届いた赤い花のハンカチはこの子の作品かしら？　と、嬉しく感じる。

「こちらこそありがとう。昨日、ミーモたちが作ってくれたハンカチを受け取ったわ。とても可愛くてうれしかったわ。みんなも頑張ってくれてありがとう。あとでお菓子が届くから、先生の言う事を聞いてみんなで仲良く食べてね」

昨日届いたハンカチの礼を言うと、その場にいた子どもたちが一斉に大声で沸き立ち、そばにいた修道士たちが落ち着いて、と声をかけて回っている。

ミーモと言った少年もみんなのところに走って行ってしまい、代わりに一人の年嵩の修道士が近づいてきて頭を下げた。

「お気遣いありがとうございます、奥様」

「いいえ、こちらこそありがとう。とてもよいバザーができそうで楽しみよ。　のちほど菓子と一緒に追加資材が届きますから存分に腕をふるってちょうだい。孤児院の修復も早く進んでいるみたいで安心したわ」

「こちらこそ！　院の修復だけでなく、おもちゃや絵本、食料品も届きました。感謝してもしきれません。本当にありがとうございます」

少し涙ぐみながらそう頭を下げる修道士に私は首を振る。

「これは私の仕事で、気持ちです。みんなが喜んでくれればそれでいいの。ところで、今日、こちらにお医者様が見えているはずなのだけれど、どちらにいらっしゃるかしら？」

「あぁ。それでしたら医療院建設現場が見える部屋に。ご案内します」

訊ねた私に、先ほど案内してくれた修道士が再びその役を買って出てくれたため、皆に別れを告げ、目的の部屋へ向かった。

「失礼いたします、辺境伯夫人がいらっしゃいました」

部屋の中に入れば、二人の男性が窓際に置かれた粗末なテーブルセットの椅子から腰を上げ、こちらに向かって頭を下げた。

一人は辺境伯家の侍医で、背丈も横幅も大柄、黒髪に灰色の瞳の初老の男性であるマイシン先生。

そしてもう一人、長身痩躯《そうく》を黒衣で包んだ黒灰色の髪　赤褐色の瞳の、旦那様よりも年若に見える、穏やかそうな笑みを浮かべる男性だった。

「お待たせいたしました、マイシン先生。そちらが?」

「ええ、私の恩師である……」

「オトシン・クルスと申します。初めまして、辺境伯夫人」

ゃぁ、ととても気軽に手を上げて笑うその人に、私は淑女の微笑みを向け、ゆっくりとお辞儀した。

「はじめまして。南方辺境伯家当主が妻ネオン・モルファでございます」

静かに軽く頭を下げてから、顔を上げその先生を見て……そして……ん? と私は首をかしげた。

「マイシン先生。今、恩師と仰いましたか?」

「ええ、恩師です」

口元のしわを濃くし笑ったマイシン医師は、やや恐縮したような様子で頷きながら、年若い男性を見て笑う。

「彼は……そう、このような見た目ではありますが、私の師です。口調も砕けておりますし、マナーもなっていない無作法な師ではありますが、腕はたしかです。辺境伯夫人には、不躾にお感じになるかもしれませんが、どうぞ気を悪くなさらないでください」

それに、私は首を振る。

「長く辺境伯家にお勤めのマイシン先生が推薦された方ですし、変に取り繕う方よりよほど信頼できますわ」

「そう言っていただけて恐縮です」

「ええ、ですからお気遣いなく」

（私だって、生粋の令嬢ではないし）

そう思いながら頷くと、そんな私たちのやり取りを見ていたクルス先生は、それまでの穏やかそうな顔から一転、いたずらっ子の様ににたり、と笑った。

「よかった！　僕は堅苦しいのが苦手でね。ここに来るのは高位貴族のご婦人と聞いて、少しうんざりしてたけど、いやなに。高慢なお姫様とは違うようで、ありがたい限りだ」

「……師匠。許可が出たとはいえ、もう少し体面という物を考えてください」

「それは無理だ、僕は僕でしかないからね。では、話を進めてもいいかな？」

「ええ、クルス先生」

ものわかりが早くて結構！　と笑ったクルス先生は、案内してくれた修道士に下がるように促すと、先ほどまで自分が使用していた椅子を私にすすめて来た。

言葉に従い私が席に着いたところで、彼は手に持っていた医療院の設計図をテーブルに広げる。

「この医療院建設は、貴女の発案だとか」

「ええ」

私は頷く。

「マイシン先生からお聞きかと思いますが『騎士団内医療院開設』と『教会孤児院環境改善、領民無料の医療院開設』二つの慈善事業を行っております」

詳細を説明すると、クルス先生はマイシン先生と顔を合わせ、頷き合った。

「なるほど。領民のための無償医療院とは、南方辺境伯夫人は随分と慈悲深い。それで、辺境伯騎士団で魔障・外傷を診れる医者を探しているんだね？」

「その通りです。正しくは騎士団とこちら、双方に常駐してくださる先生を探しており、中でも急がれるのは辺境伯騎士団内にある医療院の医師です。現在医療院には四名の重傷者がいます。私共で傷の手当はしておりますが、治療はできません。医師でない私たちでは知識も技術も足りないのです。そこでマイシン先生に相談しましたところ、外傷・魔障に詳しいお医者様を紹介してくださると」

「それがこの僕、という事だ」

「さようです」

なるほどね、と頷いたクルス先生の隣で、マイシン先生が軽く頭を下げた。

「師匠。ひとところに根を張るのが嫌いなのは存じておりますが、奥様のため、辺境伯領の民のため、ひと時、この地に腰を下ろしてくださいませんか？」

「そうだねぇ……」

にこにこと笑ったクルス先生は、不躾なほどじぃっと私と見、それから、うん、と大きく一つ頷いた。

「貴女が僕の研究を手伝ってくれると言うのなら、僕はこの地にとどまり貴女の仕事を手伝おう。それでいかがかな？　夫人」

その言葉に、私は瞬きを繰り返す。

「医療院に常駐してくださるのでしたら、私のできる範囲での協力は惜しみませんが、その研究とは一体？」

「『人体から魔障を完全に除去する方法』ですよ、奥様。師匠はずっと、それを求め、根無し草のように旅をしながら研究をしているのです」

私の問いに答えていたのはマイシン先生で、それに付け加えるようにクルス先生が笑う。

「そうなんだ。でも、なかなかうまくいかなくてね。魔障を受けた患者がちょうどいるわけでなし、いても治療を拒否されるときもある。本当いろいろあったんだ」

（まぁ、胡散臭いと思われることはあるでしょうね。庶民相手ならまだしも、体面や格式が重んじる貴族相手にこの調子と言葉使いでは絶対もめるもの。でも、マイシン先生の信頼している様子や嘘が言えない様子は、嫌いではないわ）

ここまで観察していたクルス先生の様子に、それまでにあったであろうトラブルを想像しながらも、私はにこりと笑う。

「さようでしたか。では、利害の一致、という事でよろしいでしょうか？」

「利害の一致？」

キョトンとした表情のクルス先生とマイシン先生に、私は笑みを深める。

「私は魔障と外傷を治療してくださるお医者様にこの地に来ていただきたい。クルス先生は魔障の患者を診ながら魔障の研究をしたい。お互いの思惑が一致し、協力関係を結べば、互いに大いに利があるという事ですわ」

私の言葉に目を見開いたクルス先生は、ややあって、ぷっと噴出した。

「あぁ、そうだ。利害の一致。まさにそうだ。気に入った！　話に乗るよ」

「感謝いたしますわ。それで、先生のお給金なのですが、マイシン先生と同じ額を辺境伯騎士団よりお出しさせていただきたいと考えております。それでよろしいかしら？」

「あぁ、結構だとも」

「それと住居ですが……」

というと、あぁそれは、とマイシン先生が笑う。

「師匠はすでに当家に荷物を運びこんでおりますので、御心配には及びません」

「マイシン先生の住居と言いますと……」

「近くの辺境伯家所有の小屋敷を借り受けております」

「久しぶりに弟子と暮らすのも悪くない。が、奥方。僕は騎士団の方で仕事をするんだよね？」

「え？　ええ、はい。マイシン先生との話合いにもよりますが恐らくはそうなるかと」

「じゃあ、騎士団の医療院に、僕が寝泊まりできる部屋を用意してほしい」

「え？」

話の流れにやや戸惑う私に、クルス先生はどんどんたたみかけてくる。

「それは、先生のお部屋をご用意するつもりなので大丈夫ですが、あの……」

「マイシンに聞いたのだけど、騎士団の砦に行くのに二時間もかかるそうじゃないか。それだと毎日四時間も無駄にしてしまう。時間は有限だ、こちらにいるときに騎士団のほうで怪我人が出た時間に合わない時もあるだろう？　だからこちらは荷物置きにして、普段は騎士団に泊まりこもうと思うんだ」

「しかし、それでは落ち着かないのではありませんか？　もっと別の……」

その申し出に慌て、別案を考えるために提案しようとすると、クルス先生はにこりと笑った。

「僕としてはやりたかった研究がずっとできるチャンスだからね、全然かまわないよ」

「しかし……」

「かまいませんよ、奥様」

にこにことというクルス先生に、困惑して言葉に詰まっていると、助け舟を出してくれたのはマイシン先生だ。

「師匠の好きにやらせてやってください。師匠は寝食を忘れて研究に没頭するタイプなので、それもご褒美です。逆に、時々皆で休憩を取れと喝を入れていただければと」

マイシン先生の話にキョトンとしてしまった私は、あぁ、前世にもいたな、仕事場に住み着くタイプの人……と思い、にっこりと笑った。

「かしこまりました。ではこちらでしっかり健康管理させていただきますわ。看護班は健康を守るのが務めですから。みなにも言っておきますわね」

笑んだ私に、にやりとクルス先生は笑い、手を出してきた。

「ものわかりが良くて助かるよ！　改めて、よろしく頼むよ、夫人」

差し出された手を、私は握る。

「こちらこそ、よろしくお願いいたします。私、医療院ではネオン隊長と呼ばれておりますので、以後、そうお呼びください。では、こちらに越されたばかりで恐縮ですが、明日か明後日のうちに一度、騎士団医療院に来ていただけると助かります。お部屋は用意しておきますわ」

「あぁ、了解した。そうだな。長い異動で体も頭もなまって早く仕事したいから明日にでもむかおう。持っていく荷物が多いけど大丈夫かな？」

「かしこまりました。明日、お迎えには大荷物を載せられる大きな馬車をご用意します」

「ありがとう！」

（よし、これで医師も確保したわ！）

私は心の中で大きくガッツポーズをしながら、着実に前に進んでいく私の計画にほっとした。

そして翌日。

約束通り、昨日と変わらぬ飄々とした様子のクルス先生と、困り顔のマイシン先生が、たくさんの荷物と共に医療院へやって来た。

「やぁ、ネオン隊長。今日から頼むよ」

「お待ちしておりました、クルス先生、マイシン先生。こちらこそよろしくお願いいたします」

「こちらこそ」

出迎えた私に軽くあいさつした先生に、医療隊員全員が興味津々でいる中、私は先生方を二階へ案内しようと声をかける。

「では、契約に関する書類を用意しておりますので、先に二階に……」

「いや」

そんな私に、クルス先生はニヤッと笑う。

「そういうのはマイシンに任せて、僕は患者を診たいな」

それには、私の方が戸惑う。

「しかしこれからの勤務形態や、お給金など、契約を……」

「そうですよ、師匠。来たばかりなのですからそう焦らず。奥様もお困りですから」

「じゃあそれはマイシンと事務官に任せた。よほど不利じゃなきゃサインしておいて。ね、ネオン隊長。昨日言っていた患者を見せてほしい」

あっけらかんとそういうクルス先生に、一瞬戸惑い、どうしていいものか思案を巡らせた私に、ため息をついた、諦め顔のマイシン先生の声が聞こえた。

「申し訳ありません、奥様。師匠はいつもこんな感じなので、患者を診せてやってください」

「よろしいのですか？」

「ええ。師匠とは長い付き合いですし、契約もあらかた文面は変わらないでしょうから大丈夫です。どうぞ師匠の言うとおりにしてあげてください。『実は師匠、へそを曲げると、面倒くさい』のです」

「あら」

そう言ったマイシン先生は、最後の部分をそっと私に耳打ちをし、笑う。

「マイシン。『悪口』聞こえてるよ」

「どこを聴いたら悪口になるんですか。先生の言うとおりにした方がお互い楽ですよ、という弟子なりの気遣いです」

「ものは言いようだ。ま、いいけど。じゃ、患者を診ようか？」

つん、と口先を尖らせたクルス先生の様子に、戸惑いながらもその人となりを面白いと感じ、解りましたと頷いた。

「では診察の準備をいたします。エンゼ、アルジ、処置の用意をお願い」

「わかりました」

清拭《せいしき》に回る隊員に処置準備をしてもらう間に、二階の執務室の隣に用意した医師宿直室へ荷物や外套、それからマイシン先生を置いて身軽になったクルス先生は、私に誘導され、最も傷のひどい患者の診察を始めた。

「なるほど」

エンゼとアルジの手によって包帯が外され洗浄を終えた腕と足の、炭化するまで焼かれた切断面を、クルス先生はいろいろな角度から、念入りに診察していく。

「いかがですか？」

傷を間近に観察するためにベッドサイドにしゃがみ、腕を組んで顎に触れながら何やら考え込んでいたクルス先生が、一つ納得したように頷いて立ち上がったため、私は声をかけた。

するとちらっと視線を動かし、もう一つ、頷く。

「戦場ではよくある処置方法だがこれはひどい。これで良くここまで回復したものだ。ネオン隊長はこの傷、どう思う？」

「どう、とは？」

「何の目的で、どんな処置してきたの？」

（わ、医者から意見を求められることがなかったから、すごく新鮮！）

意見して『看護師ごときが生意気な！』と怒られた事はあっても、意見を求められたことなかった為、へんな感動を覚えながら、私は患者の傷に当て布と包帯をし直すと、先生と共に中央のナースステーションに戻り、彼の看護記録を元に経過を説明しながら考えを伝えた。

「私は魔物から受けた傷を間近で見たのは初めてですし、魔障もよく解りません。魔障がどのような影響を与えているかもです。医療院《ここ》には医師がいません。ですから私たちが行ったのは傷口を清潔に保ち、患者が安楽に生活するためのお世話をしただけ。ただ、半月の間、創部を観察した経験でお話しするならば、今のままでは完全治癒は難しいかと」

「なんで？」

短い問いかけに、しっかりと答える。

「腕、足ともに切断面を組織が炭になるまで焼かれています。最初は浸出液《しんしゅつえき》も排膿《はいのう》も多く、傷の断面から木屑等も出ていました。魔獣に切断された時、失血死する前に傷口を松明で焼いたそうです。お陰で失血死は免れましたが見ての通り。浸出液も排膿も現在は少なくなりましたが、創部自体はあまり変わっていません。炭化した部分が新しい皮膚ができるのを阻んでいるのではないかと想像しています。あくまで想像ですが」

「なるほど」

腕を組み、私の聞いていたクルス先生は、それまで見せていた飄々とした表情を消し、至極真剣な表情で私を見た。

「じゃあ、どんな治療が必要だと思う？」

「治療、ですか？」

（……あれ？　これ、何か試されてる？）

医者ではない私に治療法を聞くなんて、と不安になりながら、私はうろ覚えの知識をフル回転させて答える。

「想像と憶測になりますが、炭化した部分を一度きれいに取り除いたうえで縫い合わせるのが理想的かと。ただそれができるかと言えば、大変に難しいと思います。炭化した部分は痛みも出血もありませんが、そうでない部分は違います。炭化した部分を取り除くとなると良い部分まで削る必要があり、その処置を行えばかなりの激痛と出血を伴うかと……最悪、生命の危険もあると思います」

「僕も同じ意見だ」

外科外来で足先が壊疽《えそ》し下腿部分《ひざからした》の切断を余儀なくされた患者への手術の説明を思い出し、この世界の常識とすり合わせ伝えると、クルス先生は頷いた。

うんうんと頷きながらそう言ったクルス先生は、それで、と口の端を上げげた。

「その治療、できると思う？」

「それは、先ほども申し上げた通り無理ではないかと」

「なぜ？」

「こちらも想像になりますが、それほどの処置を行えば、患者の受ける苦痛は想像を絶し、負担は計り知れない……患者がもたないと思うのです。理想は『痛みを感じない環境で』その処置を行うこと。ですがその方法がありません」

一問一答の様に先生の質問に答えながら、私は考える。

（前世には『麻酔』があった。けれどこの世界にはそれがない）

麻酔をかけない、意識も痛覚もある中での手術は、患者への精神的肉体的負担を考えればすすめられたものではない。

魔物との戦いで手足を失い、生身を焼くという方法で止血され死地から戻った患者に、治療だと言い聞かせ、意識がある中、前世の時代劇の様に、叫んだり、舌を噛んだりしないよう猿轡《さるぐつわ》を噛ませ、暴れないよう手足や体をベッドに固定し、何時間にもわたり上腕《にのうで》部や大腿《ふともも》部の断面という広範囲の傷口を切り開き、骨を削るなど、当時は仕方がなかっただろうが、今思えば正気の沙汰ではないし、麻酔下での処置の存在を知る私からすれば到底すすめられない。

かといって、今から前世の記憶を頼りにその成分を持つ草木を探し、成分を抽出できる道具を作り、安全に薬剤を注射や吸入で投与する方法を確立させ、まず動物で実験し、百では足りない症例で安全性を確立したら人で試し……と薬剤開発をする時間もない

また、運よく麻酔が見つかっても次の問題がある。

麻酔をするという事は神経伝達を一時的に止めるよう作用するということだ。

私は薬剤師、医師の様に薬学や解剖生理を何十時間もかけ学んだわけではないし、薬学は本当

に苦手で赤点ギリギリだったためうろ覚えだが、人間は脳からの電気信号によって動いているからそれに例えて説明された覚えがある。

電力会社（脳）から供給された電気（指令）を変電所（脊髄や、各伝達系）など通して各家庭（末端の組織細胞）に送ると考えた時、それを遮断して停電（まひ状態）にするのが麻酔だった気がする（違っていたらごめんなさい）。

局所麻酔であれば、一家庭や一集落にだけ電気を送らないだけでいい。

だが中枢部である脳（電力会社）に作用する全身麻酔は、呼吸をつかさどる中枢も脳にある事から、呼吸も抑制され、最悪止まる。それはすなわち死を意味する。

医療は英知の結晶と称するには大げさなのかもしれないが、『技術と知識と努力』の結晶で、それがないこの世界では『治療は無理だと思う』という結論に達するのだ。

そう話した時、ここまで私の話を聞くだけだったクルス先生が、ニヤリと笑った。

「僕も同意見だ。しかしネオン隊長、君はその知識、どこから得たんだい？」

「え？」

問われた意味がわからず首をかしげれば、クルス先生はにやにやと笑う。

「普通は『方法がない』のに思いつかないじゃない？　『感覚や意識を失わせている間に処置をする』なんてさ」

（しまった！）

私は息をのんだ。

先生の言う通りだ。

だからこそ気を付けていたはずなのに、意見を求められたことでつい、調子に乗って『この世界にない知識』を当たり前の様に答えてしまった。

そんな焦りで鼓動が早くなるのを感じながら、私は叩き込まれた貴族の仮面でにっこりと笑う。

「きっと何かの本で読んだのを勘違いしていたのかもしれません。今、先生にご指摘を受け、私もありえない夢物語だと思いましたもの」

「ふぅん」

覗き込むようにして私の顔を見、ふっと笑った先生は、まぁいいやと頷いた。

「ネオン隊長の言う事は一理あるから気が付かなかったことにしてあげよう。で、大筋で僕も同じ意見だ」

「同じ意見、とは？」

ほっとしながら問うと、先生は紙に図を処置の図解を書きながら言う。

「足の炭化した部分をすべて切り取り、きれいにしてから縫合する。その方が治癒は早く予後もいい。創部も格段にきれいになる。ただしかなりの激痛だ、すでにそれと同様の事を経験し衰弱した体と心がもつはずはない」

「ではこのまま良くも悪くも安定するのを待つしかないのですね」

ため息をついた私に、先生はなんで？　と笑った。

「方法はあるよ」

「……え？」

「それにはまず確認したいことがある。これ以上の詳しい話は二階でしよう。少々こみいった話になるからね」

「は、はい」

すたすたと階段の方へ歩き出した先生に慌てた私は、残った業務をみんなにお願いし、そのあとを追った。


「いい匂いで美味しそうだ！　これは？」

ソファに座った先生方の前に紅茶とブランデーケーキをお出しすると、クルス先生はその皿を目の高さまで持ち上げ、キラキラと目を輝かせた。

「来月の女神の花祭りに、教会で行うバザーで販売する商品の一つ『ブランデーケーキ』です。お口に合うといいのですが」

「へぇ、ブランデーケーキ」

そう呟いたクルス先生は、私と目が合うとにっこりと笑った。

「いただきます」

（……あら？）

一度皿をテーブルに置き、手を合わせ『いただきます』をしたクルス先生の隣で、マイシン先生は手を組み、祈りを捧げている。

（いただきますって、こちらにある習慣だったかしら？　マイシン先生の方が一般的よね？）

その様子になんとなく引っかかりを感じ、首を傾げる。

「これは！　初めて食べましたが実に美味い。これを祭りで？」

目をまん丸くして褒めてくださったマイシン先生に、私はにこりと笑う。

「お気に召していただけたようで安心しました。慈善事業の運営費捻出のために行うバザーの目玉となる販売物ですわ」

「あぁ、この前少しお聞きしたあれですね」

「はい」

そこから、私はマイシン先生に先日話した医療院の事とあわせ、孤児院と学舎の話を説明した。

「子は宝、将来この辺境を支えてくれる大切な存在です。ですから、まずは孤児院の子らに安心して過ごせる環境を。そのあとは孤児院の子にはもちろん、辺境に住むすべての子どもに読み書きや生き方を学ぶ場を与えたいのです」

「なるほど、それは素晴らしい。奥様はまさに人格者だ」

「いえ、そのようなことはありません。貴族としての務めですわ」

「いや、十分すごいよ。賞賛に値する」

あっという間にブランデーケーキを食べ終え、茶を啜り頷くクルス先生の横で、マイシン先生が感心したように何度も頷いて聞いてくださる。

「学舎の話も良いですね。親の金銭負担は減り、子どもは読み書きを覚え健康を得る。素晴らしい。私も貴族の端くれです。是非協力させてください」

「まぁ、ありがとうございます」

協力者は一人でも多い方がいいため、私は笑顔でお礼を言った。

「ふぅん……アレに聞いていたのと随分違うな……」

「はい？　何か仰いましたか？　クルス先生？」

何か言われた気がして聞き直すが、彼は首を振る。

「いや、ネオン隊長の深い慈愛に感服したんだ。それと」

にこにこと笑ったクルス先生は、空のお皿をカトラリーでお行儀悪く叩いた。

「この菓子が気になるんだけど、これも隊長の発案かな？」

もう一切れ貰える？　と言われたため笑顔で了承し、用意しながら答える。

「資金集めの一環です。バザー自体が初の試みですので、目玉になるような商品をと思い考案しました。このほかにもクッキーやパウンドケーキもあります」

「しっかり考えられているね。素晴らしい！　それに僕はこの菓子がとても気に入ったよ！　まさかまた食べられると思わなかった」

（また？）

大きめに切り分けたケーキを皿に乗せ、渡しながら問う。

「先生は以前にもブランデーケーキを食べられた事があるのですか？」

「うん、もうずっと昔にね。二度と食べられないと思っていたが……うん、とてもおいしい。よくできている」

（この世界では初出かと思ったけど、他国では作られているのかしら？）

少し含むような言葉に私は首をかしげたが、当の本人であるクルス先生は、渡したばかりのブランデーケーキをすでに食べ終わり、満足そうにしている。

「いや～、美味しかった！　じゃあさっそくだけどさっきの話に戻ろう。ネオン隊長は貴族の出だから魔術には明るいかな？　あ、もう一杯、お茶貰える？」

「師匠！　許されたとはいえ、口調が砕けすぎです！」

「大丈夫ですわ、マイシン先生」

自由なクルス先生を窘めるマイシン先生に微笑みながら、私は新しくお茶を淹れながら答える。

「残念ながら、私は魔術については庶民の教科書に載る程度の事しか知りません。それについては、これから辺境伯騎士団の魔術師隊長様に教えを乞う事になっております」

「あぁそれで。そこにたくさん魔術書が置いてあるんだ」

クルス先生は本棚に並べられた本を指さす。

「それに魔術師隊とは……辺境伯騎士団は魔術に長けた者がいるんだね」

「その様です。まだ実際に教えていただくには至っていませんので、その前に基礎知識だけでもつけておこうかと」

「勤勉だね」

「教えを乞うのにご迷惑をおかけするわけにはいきませんもの」

（予習復習大事。前世の勉強不足で今、どれだけ後悔してるか。勉強はできる時にしないとね！）

感心したように頷きながらお茶を飲むクルス先生は少し眉尻を上げた。

「ねえネオン隊長。よければ僕にもその魔術師隊長を紹介してほしいな。魔術専門の人間、しかも騎士団の人間と話ができるなんてなかなかないからね」

「わかりました。お会いした時に確認してみますわ」

「楽しみだなぁ。実験や魔術の話が心置きなくできるなんて、最高の職場だよ」

遠足前の子どものようにはしゃぐクルス先生に、私は至極当然だと思う事を問うた。

「お仕事や魔術のお話であれば、マイシン先生がいらっしゃるのでは？」

「あ〜、だめだめ」

「私では力不足なのですよ、奥様」

え？　と首を傾げると、マイシン先生は肩を竦めた。

「師匠の専門は私の苦手な分野、魔術は私に魔力がほぼないので論外だと。私は貴族の出ですが使えるのは『水』の生活魔法で洗面の水を出す程度。庶民とさほど変わらないので、先生が求めるに至らないのです」

「そう。マイシンは非常に良い弟子だけど、僕の相手は務まらないんだ」

「そうだったのですね。申し訳ありません」

意外だと思いつつ、失礼なことを聞いてしまった事に対し謝罪すると、マイシン先生は穏やかに笑う。

「気になさらないでください。人には得手不得手があります。魔力はありませんが、勉強ができ、良き師を得、医者になれた。世には二物を与えられた人間もいますが、それは贅沢というもの。得意とするものがひとつでもあれば十分なのですよ。こうして生きていけますからね」

「心得ておきますわ」

それが卑下でなく本心であるとわかり、私が頷くとクルス先生が笑う。

「マイシンは切らない医者としては腕がいいし、おべっかが使えて世渡りがうまい。それで十分だろう？　食うに困らないからね。それよりもネオン隊長。君は公爵家の出なのだろう？　魔力量は多いだろうに使った事がないのかい？」

そんなクルス先生から投げかけられた言葉に、私は頭を悩ませる。

（……貴族としては弱みを見せるのは良くないけれど……相手はお医者様だし、ここは正直に話した方がいいのかしら？）

「どうしたんだい？」

不思議そうに首を傾げるクルス先生に、私は重い口を開く。

「諸事情があり、私は自分の属性も魔力量も知りません。過去に魔道具の使用で不自由したことはありませんので、それなりに魔力量はあると思うのですが」

それに驚いたのはマイシン先生の方で、少しだけ身を乗り出した。

「まさか、学園入学時に属性検査を受けていないのですか？　あれは義務のはずですが」

「……事情がありましたから」

「何だ、そうだったのか」

恥じる気持ちを隠すように頭を下げた私に、何事もないように笑ったのはクルス先生だ。

「生きていればいろいろあるさ。なるほど、うん。じゃあ先ほどの処置をする方法の話より、君に魔術とは何たるかを知ってもらう方が先だな」

「処置に魔術が関係あるのですか？」

首をかしげ、問うた私にクルス先生は笑う。

「勿論。それも含め、知識が必要だ。だが最初からそこにある専門書を読むより、貴族学校で習う基礎魔術の教本から学んだほうがいい。何事も基礎は大事だし、それくらいなら僕が教えよう。

幸い、時間も場所もあるからね」

にこやかに提案してくださったクルス先生に、私は頭を下げた。

「助かりますわ。正直、どこから手を付けてよいかわからなかったのです」

「いやいや。下衆な言い方になるけど、奥方に魔術の基本を覚えてもらうのは、僕の利になる事が多いんだ。だから僕を師と仰ぎ、うまく使ってくれてかまわない」

にっこりと笑ったクルス先生に、私はますます首をかしげる。

「利になる？」

「うん、まぁそれはいずれわかるよ」

「そうなのですね？　では、良き師を得たと思っておきますわ」

そう返した私は、そういえば、と目の前で茶を飲む医師二人に尋ねた。

「しかし、今のお話から推察すると、医療に魔術が使用できるという事でしょうか？　例えば、傷を治す、魔障を抑える、消すなどですが……研究なさっているのですよね？」

言い終わった時、クルス先生の顔から表情が抜け落ち、私は身じろぎをした。次に見た時には何事もなかったかのように表情は元に戻っていたが、決して見間違いではない。

たった一瞬。

けれど喉元に刃を突き付けられたような感覚に、背筋が凍り、次の言葉を紡げないでいると、それ気づいたマイシン先生が頭を下げた。

「それに関しては、現在の時点では存在しないと断言しましょう」

一つ。背筋を伸ばして息を吐いた先生は、柔らかな表情で、しかし無言で茶を飲むクルス先生をちらりと見てから話してくれる。

「この世界の魔術は『戦う』こと、『生活を楽にする』ためのもので、医療に転じたと聞いたことはわずかにしかありません。しかもそれは『緻密な魔術の行使』が必要となるため一般人には不可能。過去に魔術で魔障を止めようとした医者がいましたが、結果は、入り込んだ魔物の血が暴走し、患者は人ならざるものになったとあります」

「それは……難しいのですね」

口元がひきつるのを、私は抑えられなかった。

人を人ではないモノに変える。そんな恐ろしいことはない。

魔術の医療転用を簡単に考えていたことに恐ろしくなり、冷たくなった指先を強く握りこんだ私に、クルス先生の声が聞こえた。

「しかしなぜそんなことを？　なにか隊長なりの考えが？」

「いえ、人間の体の構造を考えれば可能かと思いましたので」

「ふぅん？　例えば？」

その問いに、私はふわっとしたためまいを一瞬感じた気がした。

（ん？　……気のせいか）

「隊長？」

「あぁ、いえ。実は、成人の体は六十％が水で、そのほかはタンパク質や脂質など様々な物質でできています。ですから水魔法で、と。また、糸を司る属性がわからないのですが、繊維をつなぐ魔法があれば、筋繊維や神経線維、つまりは筋肉や神経、人体を接合できるのではないかと考えたのです」

（人体の正常な仕組みを知る解剖生理と、人体の異常から疾病の原因と発生機序・経過を知る病態生理。その授業の中で筋肉はいろんな繊維から形成されると習った記憶があるからできるかと思ったけど……血液や体液を操れるはずの水魔法での大惨事。魔術の医療転用はかなり厳しいのだわ……）

漠然と考えていたことを言語化するために考えながら話していると、刺さるような視線を感じて顔を上げる。するとクルス先生と目があい、そこで『パチン』と目の前で何かがはじけた気がし、途端に鮮明になった脳内で、今、自分の話した内容を思い返した。

（……しまった！）

思わず口を押える。

他者には話さないようにと気を付けていた『この世にはまだ存在しない、前世の発達した医学知識』を事細かに口にしてしまったことに、自分自身困惑していると、クルス先生がにこにこと、しかし射るような目でこちらを見ていて、私は取り繕うように腰をあげる。

「つまらぬ素人考えをお聞かせして申し訳ありません。お茶を淹れ直しますね」

「いや、大丈夫。それより隊長はいつからそう考えるようになったんだい？」

「え？」

動きを止めた私に、クルス先生は笑う。

「一般的に。医学者、魔術師にそんな発想をする者は皆無だ。だからこそ医療魔術は確立しておらず、失敗例も出た。マイシンの言った症例の乗った文献以降、人は魔術の医療転用は絶対に無理だ、禁忌だとしている。いやそれ以前に、人の体が『人』でない『何か』でできているという考えはどこから？　本には載っていないはずだ。そんな考え方がないからね」

「それは……なんとなく。そうなのではないかと患者のケアをして思ったのですわ」

（騙されてくれないか……？）

なぜ、気をつけていたのに話してしまったのだろうと後悔しながら、しかし貴族として後に引かぬ意思を出し、穏やかに微笑む。

しばらくの、身に細い針が幾千も刺さるような沈黙。

「なるほど」

ふっと、クルス先生が緊張を解くように笑ったことで、張りつめた空気が変わった。

「ではそういう事にしておこう。しかしその柔軟で画期的な発想や着眼点については、是非ご教授願いたいな」

「無知ゆえの戯言ですわ。専門家であるお二人にお教えできる事などありませんもの」

（引いてくれた。だけどなぜ余計なことまで言ってしまったのかしら？　今回は先生が騙されてくれたけど、本当に気をつけなきゃ）

そっと胸をなでおろしながら、私はひたすらに反省したのである。

# 九章　次から次へと、いろいろ起こりすぎです

「気が付けば、というか。本当にここまであっという間、だったわ」

程よい温かさのお湯に浸かり、全身を力いっぱい伸ばしながら欠伸《あくび》すると、そのまま力を抜いてずるずると浴槽をすべるように口元まで湯につかる。

「結婚、引きこもり、策略から病院の立ち上げ、バザー……私、頑張ってるわ」

濃密濃厚、戦々恐々、満身創痍、疲労困憊。

身も心もいっぱいいっぱい。目の前の問題をただひたすら片付けるのに必死で、他人どころか自分の事にすら心を割く余裕のなかった、あの日から今日までの一か月半を振り返る。

転機となった辺境伯騎士団医療院の流れ……は略として、最近では、先日納品されたスクラブ。

隊員たちは、最初、見たこともない様式の服に怪訝な顔をしながらも、発案した私の顔を立て、騎士服を脱ぎスクラブに着替えてくれた。

もしかしたら受け入れられないかな？　と思ったが、彼らはすぐにその動きやすさと着やすさに驚き、さらに十番隊員しか着用出来ないと言う特別感から、今ではすすんでスクラブを着用し、仲良く仕事をしている（別の隊員からうらやましがられてもいるようだ）。

現場が好きな私は、そんなみんなと仕事をしたいと思いつつ、祭りや医療院開設等の慈善事業

等、辺境伯夫人と医療隊長の雑務に追われ、看護技術指導や個人的相談、新たに迎えたクルス先生とのやり取りや処置の時以外、机に張り付き、視察に出ているのが現状だ。

それなのにみんな、本当によくついてきてくれていて感謝しかない。

心配と言えば、辺境伯騎士団の常駐医師となったクルス先生。

不真面目とも取られそうな、言動や態度からは想像がつかないほど仕事には忠実で、医療院の二階、私の執務室の隣にあった一室に本当に住み着き、毎朝、決められた時間に出てきては、丁寧に仕事をし、空いた時間には私の勉強にも付き合ってくださっている。

一見、弟子であるマイシン先生の子どもと言っても遜色のない外見同様、底知れない何かを感じ、警戒している部分はあるが、ひとたび医療の話になれば、一聞けば十の答えを返してくださり、患者自身の意思はもちろん、職員の意思も確認してくれるため、皆から信頼を勝ち得ている。

それから、クルス先生をお呼びして一番の成果は、経口投与できる薬剤——特に鎮痛剤が使えるようになったことだ。

「……先生、あの、これは?」

手のひらに乗せられた紙の上の白い粉末に困惑していると、先生はにこにこと笑って教えてくれた。

「ん？　それが例の治療に仕えるかもしれないものの一つさ。とある花の果実を傷つけて流れ出た樹液を乾燥させて作った、僕が持つ中で最も強い鎮痛効果をもつ薬だよ?」

（……花の果実の汁……？）

と言われ、その正体を前世の姿を思い浮かべた私は、背筋が凍る思いがした。

（それっていわゆる麻薬では？）

そうだったらまずいと、先生が所持する薬剤を確認させていただくと、木や花、草、種子、生き物、鉱物を原材料とした世界的に出回っている生薬と、その生薬を調合した胃腸薬や鎮咳剤、鎮痛薬などだった。

なんでも先生は、それらしい草木を自分の足で探し、成分を抽出、小動物を使って実験して安全性を確立するのが趣味で、そうしてできた薬らしい。

クルス先生がただ薬学に精通しているのか、それとも剣と魔法の世界なので錬金術師に近いのかわからないが、とにかく先生の優秀さと、同時に底知れぬ怖さを再認識させられた。

それに加え、痛みに苦しむ医療院の患者を前に、嬉々として『では飲んでみよう！　大丈夫、大丈夫！　自分で実験済みだから安全だよ？　最大量からいってみる？』と嘘か誠か、冗談か本気かわからないことを言ったため。一度お待ちいただき『これは！　絶対に量を間違えるわけにはいかないんです！』とみなに言い含め、薬品の投与はクルス先生がいるときに、最小量から。先生に量を調節してもらいながら使用することを厳守！　と認識させ、さらにその二つの薬だけは私の執務室の鍵付きの金庫で管理する事にした。

前世で言う麻薬と同じ取り扱い方法だ。

『君は心配性だなぁ！』と笑うクルス先生に、『いえ！　危険な薬ですから！　取り扱いはどれだけ厳重にしても足りないくらいです！』と隊員たちの前で叫んでしまったのは……いい思い出ということにしておこう。

気になる製造方法についてだが、もう少し君を信頼できるようになったら教えるけど、販売は口コミにしようかと思っているとさらに意味深なことを言われた。そのため、劇物毒物麻薬を規制なく世間に流通させる訳にはいかないと、雇用契約書とは別。製造・販売方法を厳格に管理するという内容の契約書を、モルファ辺境伯家ネオンの名の下、魔導司法士様の協力を得て急いで作成し、すぐにサインしていただいた。

その際、クルス先生が妙にニヤニヤしていたのが気になったが、それよりもまずは領地の精神的安全確保を優先してしまったことに、もっと話を聞いてからにすればよかったとあとで反省し、（先生自身を）注意して観察している。

だがやはりクルス先生は優秀で、実際に手術をするにあたっては、新たにでき上がる創部に対して、前世の知識から創傷保護剤や様々な外用薬を噛み砕いて説明・提案してみた。

するとそれならば是非見てほしいいいものがある、と言われ見せられたのは、私の頭ほどありそうな大きな丸フラスコに入れられた魔物だった。

その魔物とは、みんな大好きスライムである。

（……は？　スライム？　って、呆気にとられたのも懐かしいわ）

前世では、それなりにゲームも嗜んでいたため馴染みあるスライムだが、この世界では色も大きさも様々で、薬液による染色が可能、気になる形状はバケツに入って売っている玩具のごとく、ねばねばとのびるアメーバ状だった。

それはさておき、原材料になるスライムは、看護を始めたために全身に筋肉が付きはじめた私が木の棒で三発当てて倒せるくらい最弱らしいのだが、それにさらに光魔法で『魅了』状態とし『僕はもともと人間の味方だよ、みんな仲良し！』みたいな顔にさせ飼育するのだという。

「光魔法？　五大属性魔法だけではないのですか？」

「君は本当に何も教わっていないんだね？　この世界の魔術属性は五大属性、すなわち火・水・木・風・土のほかに、光・闇・無の八種類ある。まぁただ、光・闇・無、特に無に関してはかなり希少で、高位貴族や王族くらいしか存在すら知らないけどね」

「では、その希少な光魔法を誰がスライムに使っているのですか？」

「それは内緒。まぁ、とあるルートから買っている、とだけ言っておこう！　あ、もちろん安全だよ？」

と、その説明を受ければ当たり前のように考えることを質問した私に、クルス先生は無垢な子どものように笑って言ってのけたため、不穏な気配を察知した私は、くれぐれも危ないことはしないでくださいと念を押し、さら人の道に外れるようなことはしない、といった旨の契約書にサインしていただいた。

さて、そんなスライムから抽出された『ジェル状分泌物』を、クルス先生が長年研究していたという『回復薬』に漬け込んででき上がった創部保護剤は、創部から出る浸出液《しんしゅつえき》や膿を吸収し、しかし創部自体は乾燥させることなく、しかもスライムの元々持つごく弱い消化酵素の力で、細菌の繁殖を抑え、患者の創部を清潔に保つことができる事を、たまたま夕食の準備で切り傷を作ったマイシン先生で実証させていただいた。

『スラティブ』と名付けたその薬剤を外傷に塗り布を当て固定すれば、治癒速度も上がり、伴う痛みもかなり軽減できる。

これで、前世にもある『外傷における湿潤療法《モイストヒーリング》』ができるようになった。

(神様、ありがとう！　スライムだけど。本当に清潔かは謎だけど、いいの！　患者の傷は目に見えて回復しているから！)

そう。受傷後、悪化はしないまでも回復もしなかった患者の胸の切り傷が少しずつ、しかし確実に回復していく様を見て大喜びしたこと思いだしながら、少しぬるくなった浴槽の湯を、魔道具を使って温め直し、肩までつかる。

(しかしクルス先生、何者だろうか……)

医師として共に仕事をし、師として魔術学の基礎を教えてくれるクルス先生は、マイシン先生が師と仰ぐだけあり、外見年齢以上の知識と見識を持っている。だが、実年齢や魔術属性、これまでの経歴など自分のことは決して話さず、聞いてもいつもうまくはぐらかされてしまうのだ。

（いただきますやブランデーケーキの事も含め、さらっと聞いてみたけど、『君はよく見てるなぁ』と意味深に言われて終わったのよね……）

ひょっとしたら、先生とはある意味似た者同士なのかもしれないが、これはおいおい突き詰めていくしかなさそうだ。

（それにしても、スライムさまさまだわ）

クルス先生の事はいくら考えてもしょうがないので別の事を考える。

『スラティブ』の原料となっているスライムは、今、医療院の様々な場所で活躍している。

まずはトイレ。

これまでのトイレは、糞便を溜める（定期的に組み上げ、廃棄処理する必要のある）便槽《べんそう》とそこにつながる縦穴、そしてそれっぽい外装をつけた汲み取り式《ぼっとんべんじょ》トイレであったが、暖かくなってきて立ち上る悪臭に耐えきれなくなり、便槽に魅了状態のスライムをやけくそで突っ込んだところ、人の糞便を美味しく消化吸収することがわかった。しかも定期的にいい香りと消臭効果のある香草の束を入れてやると、お口直しにそれを食べて消化吸収するらしく、トイレ内はいつも爽やかな良い香りが漂い、清潔を保てるようになった。つまり、労せず公衆衛生問題が改善されたわけである。

そのため現在では、医療院どころか、辺境伯騎士団内と辺境伯家内のトイレは『水洗トイレ』ならぬ『スライムトイレ』にとってかわった。

さらに、短い寿命を終えた彼らの遺骸をなんとなく『肥溜めっていうくらいだから、肥料になったりして』と、軽い気持ちで乾燥・粉末にして花壇に捨てたところ、植えてあった草花がびっくりするくらいぐんぐん育った。

それはもう驚異的な速度だ。

（まさかの超優良有機肥料発見⁉）

そう思った私は、L字型に増築中のその内側を中庭と称して薬草園を作り、半分は従来の肥料、もう半分にスライム肥料を撒いて、モリーと共に薬草や花を育てた。するとその成果はすぐに出、すくすくと通常の三倍の速さで成長し、薬量も多く育ったのである。

収穫した薬草をマイシン先生が調べたところ、さすがに薬効に変わりはなかったが、収穫量は三倍以上になった。

（最高！　もしかして、上下水道の構造を必死に思い出さなくても、領地の公衆衛生問題と農業改革が解決するのではないかしら）

と思うに至り、現在は騎士団の畑の一角で、野菜作りに転用できないか実験中だ。これが実を結べば、領地の農家に配布予定である。（ただし、魅了魔法の使い手がいない問題があるので、前世の記憶《チート》による産業技術進歩との同時進行ではあるが……正直、歴史と理科、そして雑学好きで良かったと心から思う）

どれだけのポテンシャルがあるか未知数だが、いろんな意味でスライムさまさまである。

そして医療院と孤児院。

こちらは開院時間を、ひとまず七日のうちの五日間、午前中だけと決め、女神の花祭り当日に開院することと決まった。その程度の拘束時間であれば、貴族の端くれとして私も協力しましょうとの約束通り、しばらくの間はマイシン先生が外来を引き受けて下さり、その上、医療院や辺境伯家の侍医のお仕事の合間に、学舎に集まった子どもに読み書きを教えてくださると申し出てくれた。

そこでまずは二日に一度、十一時から十五時まで四時間、孤児院の食堂で、リ・アクアウムの八歳以上十六歳未満の子どもを対象に『食事マナーと読み書きを教えます』と大きく銘打って間口を開け、生徒の募集を始めた。

開校時間は、家の手伝いをする子どもたちが、暑くて作業のできない昼の時間に、食事とおやつが出るという事で親も納得して子を出しやすい時間にし、こちらも花祭りの翌日から開校で、すでに改装作業をしてくれた職人の口伝でリ・アクアウム内に広めてはいるが、大々的には花祭りの開会式の場で辺境伯夫人肝入り！　医療院開院・学舎開校と発表することになっている。

もちろん、その二つを運営するために大切なバザーも、時間がない中、しっかり下準備を済ませ、なんだかんだと私と旦那様を一緒に視察に出そうとするドンティス隊長の策略を逆手に取り、出会った商人や輸送業の人を使って宣伝した。

近隣の領地にも、稼いできた辺境伯夫人が、何やら慈善事業を始めるらしい。その手始めとして珍しい菓子や美しい刺繍小物を売るらしい、と噂を広めてもらっているのだ。

おかげで、是非当日伺いたいと言うお手紙をいただいている状態だ。

(私、滅茶苦茶頑張ったんじゃない?)

「大丈夫でございますか? ネオン様。あら? 楽しそうでございますね」

「ふふ、もちろんよ」

心配して様子を見に来た侍女に声をかけられ、私は笑う。

「だって、明日はとうとうお祭り本番。とっても楽しみだわ」

そう告げると、侍女もタオルや化粧水を用意しながら頷いた。

「私どももネオン様をお見送りしたあと、交代で見に行きますわ。教会にももちろん伺います。刺繍小物にお菓子、楽しみですわ」

「ありがとう、アルジと一緒に待っているわね」

「はい。そういえば、アルジは今日も二人分の夕食を食べていましたよ」

「まぁ、心強い」

それを想像し、侍女と顔を見合わせ、笑い合う。

騎士になったアルジだが、さすがに騎士団兵舎に住まわせることはできず、今まで通り辺境伯家の使用人居住棟で暮らし、騎士団へは私と通勤をしている。

「それにしてもネオン様、本当に騎士団の隊長服で出向かれるのですか?」

「そうよ」

湯から上がった私は、体を拭き、化粧水を塗ってもらいながら頷く。

「辺境伯夫人としてだけでなく、騎士団の十番隊隊長としても参加するのだから、その方がいいのよ」

「それは、そうですが……」

本来であれば辺境伯夫人としてドレスで着飾り座っているだけでいいのだろうが、南方辺境伯騎士団十番隊隊長を拝命しているから、隊長服以外の選択肢はないと思っているのだが、侍女たちは不満げだ。

「開会式では、旦那様と共に辺境伯夫人として壇上にお立ちになると伺いました。その時、騎士服では貴族の女性として花が足りません」

どうやら私を着飾らせたい侍女たちは、こうして数日前から訴えて来ている。

そもそも普段なら一人で入るお風呂も、ここ数日はマッサージとお磨きだけでもと拝み倒され、甘んじてそれを受け入れた状況だ。

「花ねぇ……騎士服も結構派手よ？」

「いいえ！　結婚式後、初めてご夫妻で領民の前に出るのです！　隊長服は質素ではありませんが見栄えはしません！　領民は、結婚式でちらっとしか見えなかった辺境伯夫人を一目見ようと、すでに場所取りもしているのですよ⁉」

「そうなの？」

その言葉に、なんでそんなことになっているか首を傾げる。

「でも派手に着飾った貴族なんて見たいかしら？　嫉妬や怒りの対象になるだけじゃない？」

「いいえ！　私が子どものころ、前辺境伯様がご挨拶をなさったのを拝見したことがありますが、その際後ろに控えていらっしゃった前夫人のそのお姿に私は感動しましたわ！　まるで女神の様だったと、今もしっかりと覚えております」

目をキラキラさせながら力説する彼女の言葉に少し考える。

たしかに今回は初公務。

開会式の挨拶を旦那様が行うと言うのも実は初耳だが、その横に立つのであれば、あの派手なスクラブにパンツ、そして隊長服では、ドンティス隊長は喜ぶかもしれないが、貴族的にはさまにならないかもしれない。

小さい頃にお祭りで見ただけの光景を覚えている侍女がいるという事は、今までの慣習がそうだったという事で、まして今年の女神の花祭りは、現当主結婚後初で、周辺貴族も参加すると手紙が来ている。

あんまりにも面倒くさいので失念していたが、仲睦まじい領主夫妻の姿を見せる事で、モルファ領は安泰だと民に知らしめる効果もあるだろう。

（でも、隊長としての責務もあるから隊服は必要で、着替える暇もないし、さて、どうしたもの

かしら……あ、そうだ）

思案した先に、嫁入り道具に入っていたドレスを思い出す。

「ねぇ、遅い時間で申し訳ないのだけれど、嫁入り道具の中から探してほしいものがあるの。お願いできるかしら？」

「はい！」

私のお願いの意図に気付いたらしい侍女は、満面の笑みで頷いてくれた。

ポーーンッ

ポン、ポーーンッ

麓から上がる花火の音に耳を傾けながら、私は旦那様と共にリ・アクアウムに向かう馬車に揺られていた。

ドンティス隊長やブルー隊長（多分ほかの隊長も関わっている可能性あり）の策略もあり、この三週間ほどは再三にわたり視察だ、打ち合わせだと旦那様と馬車に相席し、街を歩く機会が多かったため、会話は弾まないが緊張することはない。今日も特に変わりなく、窓の外を眺めていた……のだが。

「随分珍しい恰好をしているのだな」

今日はいつもより勲章や装飾の多い式典正装を身に着けた旦那様の、相変わらずのもの言いにも慣れたもので、私は微笑み答える。

「辺境伯夫人、第十番隊隊長として考えたのですが、いけませんでしたか？」

「いや、そんなことはない。よく考えたと思っただけだ」

「頑張ってくれた侍女たちのお陰ですわ」

その言葉通り。嫁入りの際、公爵家の威厳のためにだけに持ち込まれ、箪笥の肥やしになっていた大量のドレスの中からとある一着を探してほしいとお願いし、衣裳部屋を開けた瞬間、目を輝かせ張り切り出した離れの使用人たちのお陰で、今日の私は立派な高位貴族の淑女である。

南方辺境伯騎士団の隊長服に合わせ選ばれた、王都の貴族でもなかなか手に入らない絹をたっぷりと使い作られた、柔らかで軽やかな濃紺のドレスのスカート部分だけ身につけ、上は隊長服を身に着けている。

隊長服が詰襟で、肩には肩章と房飾り、胸には勲章がついていることもあって、首飾りはなし、耳元には大きな一粒石のサファイアのイヤリングだけをつけただけのかわりに、私の虹の光を放つ髪は、上等な濃紺のリボンを使って編んだり巻いたりされ、派手過ぎないが目を引く髪型になっている。

「夜会では見ぬ姿だが、今日の式典には良いだろう。しかし、君のドレス姿は久しぶりに見るな」

「そう言えばそうですね」

旦那様に指摘され、そういえば結婚式以来、乗馬服かスクラブ、隊長服が常でドレスなど着ていなかったと思い出す。せいぜい着ても自分で脱ぎ着できる楽なワンピース程度だ。

「本日は辺境伯夫人としての勤めもございますので、いつもの姿では領民に示しがつかぬと進言を受けました」

「そうか」

「はい」

と、ここで会話が止まり、いつも通り無言になったため、私は祭りの開幕式の、前世で言うプログラムと行動表を確認する。

開会式の間は来賓席に、旦那様が挨拶をするときはその後ろに控える。

開会式では旦那様が、私を騎士団の隊長に据え、医療班を立ち上げた事、慈善事業の事を紹介、その後、私が就任の挨拶を行い、その後は開会式が終わるまで貴賓席で待機となる。

(その後は旦那様と離れて教会に移動。バザーの確認とやってくる貴族の相手。来ると連絡があったのは……七件？　一昨日より増えている。当日飛び込みの家もあるでしょうし、お土産用のケーキセットを大目に用意して正解だったわ)

そんな風に、必死に行動予定を頭に叩き込む私を、旦那様が見ていることなどまったく気が付かなかった。

「モルファ辺境伯家当主が妻ネオンでございます。足を運んでいただき、慈善事業にご協力していただきましたこと、感謝申し上げます。スーホ伯爵」

にこりと微笑んで挨拶し、教会と慈善事業に寄付していただいたお礼として、事前に用意されたカゴを渡す。

「こちらはお礼のパウンドケーキとブランデーケーキです。お茶の時間にお召し上がりください。ブランデーケーキは酒精を使用しておりますので、お子様は御遠慮を。その代わり男性でも美味しく召し上がっていただけますわ」

「これが噂の菓子ですか。有難い、家族でいただきましょう」

菓子カゴを持つ私の手を何度も撫でながら受け取ったスーホ伯爵は、がははと大口を開け、品なく笑う。

「しかし、辺境伯夫人は随分と若くお美しい！　ここが夜会の場であれば、一曲お願いしておりますす」

「光栄ですわ」

（いや、エロい目で見ているの、わかっていますからね。絶対にお断りです！）

本音と建て前をしっかり使い分け、どうやって手を離してもらおうかと考えていると、この伯爵は危険と察知したらしいラミノーが、失礼します、とそっと耳打ちをする真似をしてくれた。

それをきっかけに、隊長としての務めもありますのでと、彼から離れることができた。

「どうぞ、手洗いの水です。まったく！　隊長に対しニヤニヤと気持ち悪い」

「助かったわ、ラミノー。けれど今の発言は、相手の耳に届けば不敬として訴えられてしまうから、気を付けて」

「申し訳ございません」

「大丈夫よ。そちらはどう？」

頭を下げたラミノーに、私は彼が受け持つ騎士体験ブースの状況を聞く。

「大盛況ですよ！　親方にお願いして作ってもらった軽くて小さな剣と盾のお陰で、男の子でもすが女の子、それから親御さんまで参加してくれています」

「それは良かったわ」

それを聞き、会場となっている孤児院側の広場の方を見れば、子どもに交じって大人まで列にならんでおり、体験が終わった子どもたちはもう一度！　と親におねだりをしている姿が見える。

「本当、大成功ね。では私はバザーの確認をしてくるわ。何かあったら報告してね」

「了解しました」

ラミノーと別れ、教会の裏口から女神像の下の部屋を通過し、会場となる聖堂に入ると、机に並ぶ品の前で様々な人が商品を手に取っている。

そのやり取りの様子を見ていると、手に取りやすい価格帯の手巾や鍋掴みなどの布小物、個包装にした焼き菓子や一切れ分のケーキが人気のようだ。

売り場には、いつもは騎士団に勤める神父様が、集まった領民を相手に、商品に刺繍された美しい教会シンボルや女神の使いの小鳥、祈りの言葉を優しく説明している。

(布教活動もいいようね。さて、子どもたちの方は……)

修道士作成品の販売テーブルの隣に用意された、孤児院の子どもたちが作った物だけを並べた机では、たどたどしいながらも自分たちで接客し、時折、後ろに立つ警護係の騎士に確認しながら、お釣りを返している。

(修道士や子どもの後ろに騎士様を置いたのは当たりね。言い掛かりを付けそうな破落戸《ごろつき》も、騎士を見て逃げていくもの)

そうして問題点や改善点を確認していると、一人の女性が私を見て、周りの人たちを巻き込んでひそひそ話を始める。

(気が付かれたみたい。では、客寄せ人形になりましょうか)

ピッと隊服を正し、一歩、前に出る。

「ごきげんよう」

少しだけ大きな声でそう言ってから、ゆっくり販売テーブルに近づくと、その場に集まったみんなが歓迎の声を上げてくださる。

辺境伯夫人！　領主夫人！　と声を上げるみなに笑顔を向け視線を集めると、人差し指を口元に当て、しいっとジェスチャーをする。

聖堂内が……しん……としたところで静かに一歩下がると、丁寧にドレスの裾をつまみ、完璧なカーテシーをとった。

「皆様。本日は私が行う孤児院・医療院の活動の支援のため、足をお運びいただきありがとうございます。心より感謝申し上げます」

そう言い、ゆっくりと頭を上げた私は、しんと静まり返ったままの聖堂内、領民の顔を一人ひとりしっかりと見、にこやかに微笑んだ。

「ここにある品は私がお願いし、修道士様、そしてここに住まう可愛い子どもたちが、皆様の幸せを祈り、作った作品とお菓子です。どうぞ手に取っていただけると幸いです」

そう言ってから、釣りの用意をしていた修道士からそれを預かると、領民らしき女性の、仕事をして厚くなった手を取って渡した。

「慈悲の心に感謝いたします。女神様のご加護がありますように」

すると、わぁ！　と歓声が上がり、次々と作品や菓子は売れはじめ、私が接客に入って十分ほどで完売し、その三十分後には、聖堂はいつもの静けさを取り戻した。

「さすが、隊長。騒ぎになった時は、どうなるかと思いましたが、あの挨拶のあと、一気に売れましたね」

「私の功ではないわ。ここにいるみなさんのお陰よ」

警護の騎士や修道士たちと聖堂の後片づけをしつつ、遅れて現れた貴族の対応も終えて、息をつくと、私は警護が立つ門扉の向こうにある大通りを見た。

常は武骨で強固な要塞を思わせると言われる白い街並みは、今日は大通りに面した建物の窓や壁、屋根に溢れんばかりに花が飾られ、向かい合う建物の間には洗濯物の代わりに色とりどりの紐飾りが下がり、光と風を浴びて輝く。

そんな非日常の光の中を、普段は実用重視で着飾ることの無い女性たち、特に私と同じ年頃の乙女たちが、精いっぱいおしゃれをし、髪に飾った花飾りに負けないきれいな笑顔で、花びらを撒きながら歩いている。

警護上そこに近づくことができない私にも、その熱気は伝わってくる。

「あぁ、きれいね。本当に素敵」

手を止め、舞い込んで足元を滑る花びらと紙吹雪に目を細める。

「武を重んじる辺境にだって、こんな日があってもいいわよね」

「ネオン隊長、あちらで事務方の者が呼んでおります」

「わかったわ、今行きます」

飛び出し、駆けて。祭りを楽しむ同じ年頃の少女たちの輪に入りたい気持ちを押さえ、背を向けると、私は修道院の奥に足を向けた。

「これは、成功ね」

「大成功ですね」

バザーの売上金や寄進されたお金を、九番隊会計補佐官と教主様と修道士、そして祭りの実行委員会の方に確認してもらった私は、集まった金額に驚きながらも、失敗しなかったことにほっとした。

「皆様、ご協力感謝いたします。売り上げは事前に決めたとおりに分配お願いします」

「かしこまりました」

四人がかりでお金のチェックをし、私も帳簿を見ながら苦手な計算をしていると、コンコンと扉がノックされた。

「どうぞ」

誰かが許可すると、一人の若い女性修道士が恐る恐る室内に入って来た。

「あの、申し訳ございません」

「なにかしら？」

「その……子どもたちの売り上げを少しでいいのです。いただけますか？」

とても遠慮がちな問いに、私は笑みを浮かべて頷く。

「もちろんよ。最初からその約束ですもの。今用意してもらうわ」

「……良かった」

胸をなでおろし、笑顔になった修道士の様子に首をかしげる。

「どうかしたのですか？」

声を掛けられた女性修道士は、一瞬躊躇したあと、話しを始めた。

「実は、子どもたちが頑張ったご褒美に屋台に行きたいと……しかし予算がなく……ですが、みなを労ってやりたくて、恥を忍んでお願いに参った次第です」

その言葉に私は驚いた。

「参加したことがない？」

「はい。昨年までは我慢させておりました。しかし頑張ればお小遣いが貰えると張り切っていた子らが……その、今日は行ってもいいでしょう？　と」

「そうね、みんな頑張っていたもの」

私が頷くと、九番隊の会計補佐官も頷き、子どもたちの売り上げから小遣い分を計算し、個別に渡せるよう銅貨などに変えた上で、修道士に手渡す。

「どうぞ。こちらの表を見て、その通りの額を渡してあげてください」

「あ、ありがとうございます」

何度も頭を下げながら部屋を出た修道士の姿に、ため息が漏れた。

「ここからはお祭りがよく見えるのに、ずっと我慢していたのね……」

「仕方ありません」

私の言葉に答えたのは、祭りの実行委員だ。

「昨年まで、祭りの際は、孤児院はもちろん、教会も門を閉めていました。当然です、みなに平等に金を渡すのは大変ですし、外には集まった大勢の見物人の懐を狙う者もいます。そんな中、幼子を連れて歩くには大人の数も足りない。しかし、今年は子に渡せる金ができ、内外に警護の騎士も増えました。行ってよいと言ってやれたのでしょう。奥様のお陰です」

「……そう」

懺悔のようにつぶやく言葉を聞きながら、私は窓の外を見る。

親の手を握り、屋台の菓子を食べている子どもの姿が、ここから本当によく見える。

「きっと、とてもうらやましかったでしょうね」

それを憧れとあきらめの目で見つめていた過去の私が重なる。

「初めてのお祭りなら、いい思い出になると嬉しいわ」

「なりますとも。反対の通りには珍しい見世物や菓子を売り、舞踏を見せる異国の商隊も来ています。子どもたちはきっと走っていくでしょう」

「それは楽しそうね」

気持ちを切り替えた私は、三回に分け売上金の確認を終えると、あとを会計補佐官にお願いし、まだ歓声の聞こえる騎士体験の会場へ向かった。

しかし警護の騎士から屋外に出るのを止められた。

残念だと思いながら、しばらく窓越しにそれを見ていると、突然、私の目の前にいい匂いと音をさせた肉串がにゅうっと現れた。

「え？」

途端、クゥッとお腹が鳴ったのを押さえて手の主を振り返ると、そこには肉串を両手に握ったアルジの、満面の笑顔があった。

「ネオン隊長、お約束の品です！」

「わざわざ買ってきてくれたの？」

「こちらにお姿が見えたので休憩を貰って買ってきました！　街歩きの時に食べるとお約束しておりましたもの！　さすがに屋台を回ることは難しいでしょうから、気分だけでも！」

「ふふ、ありがとう」

まずは毒見を、と私の隣で自分の肉串にかぶりついたアルジを見てから、私も小さく一口かじりつく。

パリッと音を立て皮がはじけ、同時にじゅわっと、口の中に塩で味付けされた肉の旨味が飛び出す。

「おいしいわ」

「でしょう⁉　絶対に食べていただきたかったんです！　次はお菓子ですね！　実は食べていただきたいものがあるんです！　いってきますね！」

肉が大きいため、時間をかけ食べる私の横で、ぺろりと肉串を食べ終え、飛び出したアルジは、今度は木の皮で出来た器に一口大の揚げ菓子がいくつも入った物を持って帰ってきた。

「ネオン様、これです！」

「……それは」

「異国の商隊から買った揚げ菓子です！　これ、すっごく甘いんです！　びっくりしますよ！」

そう言い、得意げな顔をしたアルジから渡されたそれを受け取る手が震える。

『うまいか？　それは良かった。　……ほら、ついている』

口の端についた砂糖の粒を、指で拭ってくれた、あの人の笑顔を思い出す。

（駄目、駄目よ）

僅かなきっかけで、切り捨てた過去が溢れ出そうとしてくるのを抑え込むように目を閉じた時だった。

「隊長、子どもたちが！」

アルジの言葉に顔を上げて窓の外を見ると、騎士体験の子どもたちの列を横切るように、孤児院の子どもたちが泣きながら帰ってくるのが見え、私はドレスの裾を抱えると、護衛が止めるのもきかず、アルジと共に外に飛び出した。

「どうしたの⁉」

前を歩く子のそばにしゃがみ問いかけるが、訴えは言葉にならない。ただ、今日のために誂《あつら》えた服は汚れ、擦りむいた膝や掌、頬から血が流れている。

「マイシン先生のところに行くわ、誰か手を貸して！　修道士様にも連絡を！」

暑い日差しの中、そばにいたアルジと看護班のメンバー、護衛に声をかけ、怪我をして泣く子を抱き上げて立ち上がる。

「奥様！　どうなさいました……なんてことだ！　みんな、大丈夫か⁉」

走って来た修道士たちが、状況を理解し子どもたちを抱き締める。

「お金、取られ……突き飛ばされて、みんなこけて……」

「……なんてことっ」

恐れていたことが起きた衝撃に、怒りと悲しみで足元が揺らぐ。騎士たちも集まり、子どもたちに話を聞く中、自分の膝を真っ赤に染めながらも、小さな子をおんぶした年長の男の子が、必死に涙を我慢した赤い顔でそう言い、門の方を指さす。

「あ、あの人が、助けてくれたんだよ……」

「では、その方、に――っ」

指さした先。泣く幼子を両腕に抱え立つ異邦の男性に、息が詰まり、手先が震える。

一歩、後退した私は、傍にやって来た神父様に声をかけた
「……私は先に医療院へ向かいます。怪我した子は、治療に来させてください。それから、あの方、に……」

「わかりました！　私はあの方にお話を伺ってまいりましょう！」

「……お願いします」

何とか言葉を紡いだ口元を引き締め、私は子を抱え、医療院へ走り出す。

子を抱き締め、足を動かし、その場から逃げる。

（なぜ）

見間違えるはずがない。けれど、嘘であってほしい。

私の頬から一つ、汗が地面へ滑り落ちた。

# 〔十章〕 恋に落ちた⁉ 寝言は寝て言え！

「よし、これでおしまいだ！　よくがんばったね！」

「みんな。傷を治してくれた先生に、お礼を言いましょう？」

「ありがとうございました……」

「ははっ、どういたしまして」

目に涙をいっぱい溜め、先生を睨みつけながらもお礼を言った子どもたちに、私たちは安堵しつつ笑った。

「今日は開院のお披露目だけのはずでしたのに申し訳ありません、マイシン先生」

「ほかならぬ夫人の頼みです。いくらでもお聞きしますよ。みなな、酷い怪我じゃなくてよかった」

「ありがとうございます。アルジも、ラミノーも、手伝ってくれてありがとう」

マイシン先生に頭を下げた後、泣く子どもの面倒を見るアルジと処置の後片付けをするラミノーにもお礼を言う。

「大丈夫ですよ」

「看護が私たちの本来の仕事ですから。でも犯人は本気でぶっ飛ばしたいです。ね、ラミノーさん」

「もちろん！　あとで殴りに行こう！」

意気揚々と子どもたちの前で拳をにぎり、ウォームアップを始めた二人に、私は慌てる。

「ちょっと、二人共落ち着いて。子どもたちが見てるわ」

「いえ、私も同じ気持ちです。しっかり騎士団で絞り上げてもらってください」

「先生まで。わかりました、しっかり伝えておきます」

窘《たしな》めるように話をするが、正直私も同じ気持ちだったので、ブルー隊長にしっかり伝えようと心に決める。

治療をしながら聞いた話は、あまりにもひどいものだった。

お小遣いを受け取り、初めてのお祭りに心躍らせ走る子どもを狙った破落戸《ごろつき》は、彼らを次々と突き飛ばすと、その小さな手に握られた大切なお金を奪ったのだ。

突き飛ばされた子どもたちはみな膝や肘、手のひらに擦り傷を負い、ひどい子は道に敷き詰められた石畳の角で、ざっくりと額や膝を切っていた。

(可愛い子どもたちになにしてくれてるの！　そもそも小さな子どもを狙ってお金を奪って逃げるなんて、犯人には絶対に目にもの見せてやるわ！)

淑女として絶対に人前では口に出せないそんな気持ちを抱えながら泣く子をあやしていると、修道士たちが迎えに来てくれたため引き渡す。

と同時に、旦那様の乗った馬車がここまで迎えに来ていると知らされたため、みなにお礼を言うと、私は治療院を出て馬車に向かった。

「遅くなってごめんなさい」

「こちらは大丈夫です。しかし奥様、顔色がすぐれませんか大丈夫ですか？」

馬車のそばで立っていたナハマスが、私を見ると深く頭を下げ、それから労わるように声をかけてくれた。

「大丈夫よ。いろいろあったから疲れたのかもしれないわ」

「お話は伺っております。奥様にお怪我がなく安心いたしました。犯人はすでに騎士団へ引き渡されておりますのでご安心を。さ、御乗りください。お屋敷へ帰りましょう」

「ええ、そうね、ありがとう」

ナハマスの手を借り馬車に乗り込み、席に着くと先に乗り込んでいた旦那様に頭を下げた。

「お待たせし、申し訳ございません」

「いや、かまわない」

そんなやり取りをしている間に、扉が閉められ、馬車は走り出す。

街は今も紙吹雪と花びらが舞っていて、行き交う人は朝より増え、祭りの盛大さがよくわかる。

女神の花祭りは今夜一晩続き、明日の深夜、日付が変わる頃、噴水公園で篝火が焚かれ、女神に祈りがささげられて終わるという事で、まだまだこれからが本番と言ったところなのだろう。

慣例では、日が昇り切った頃には集まった領民に気を遣わせぬよう領主夫妻は屋敷に帰るそうだが、私のバザー、そのあとの暴漢事件の処理などに追われたため、お日様はすでに西へと傾きはじめていた。

（もう、今日はいろいろと疲れたな……）

取り繕うこともできず、俯く。

「大変だったそうだな」

馬車がリ・アクアウムの城壁を出てしばらく、窓の外の風景が城壁から作物の実る畑、そして林へ変わる頃、旦那様に声を掛けられ、私は顔を上げた。

「……はい？」

疲れからややぼんやりとしていたため、そんな返事しかできなかった私に、眉間にしわを刻んだままの旦那様は言葉を続ける。

「孤児院の件だ。今回はかなり制服姿の騎士を入れていたため、スリや強盗などの騒動は少ないと予想していたが、まさか子から金を奪うような輩が出るとは思わなかった」

まさか旦那様から話を振ってくると思わず、少し遅れて笑顔を繕う。

「そうですね。せっかくのお祭りでしたのに、水を差されてしまいました」

「怪我をした子どもがいると聞いた」

「はい。ですがすぐ手当てをしていただきましたので、大丈夫です」

「そうか。無事ならばよかった。……君に怪我はないのか？」

「え？」

私は自分の耳を疑った。

あの旦那様が、人の身を案ずる言葉が言えたのかと驚きつつ、お飾りの妻になぜそんなことを聞いてくるのだろうと固まっていると、旦那様は手を伸ばし、私の隊服についた金の房飾りに触れた。

「一緒にいたのだろう。乱暴はされていないか？　ドレスと隊服に、泥と血がついている。怪我をしたのか？」

そう言われ、己の姿を見てみれば、旦那様の掌にある金の房飾りやドレスのいたるところに、血と土が付いていて、子どもを抱きあげた時だと思いいたる。

「お心づかいありがとうございます。これは子のそれが付いただけです。実際に暴漢が子どもたちを襲った時、私は騎士体験を見学しておりましたので」

「そうか」

旦那様が表情を和らげ房飾りから手を離したところで、私は頭を下げた。

「御心配をおかけしました。この通り、私は大丈夫ですわ」

「その様だな……安心した」

私の言葉に、旦那様はやや表情を和らげる。

（安心？　え？　私の事を心配したの？　旦那様が？　なんで？）

そんな旦那様の行動言動に戸惑いながらも、この場の空気を借り、私は気になっていたことを聞いてみた。

「捕らえた暴漢はどうなりますか？」

「今は地下牢にいる」

私の問いかけに、先程より眉間のしわを深くした旦那様はいつもよりずいぶん低い声で教えてくれた。

「それなりの罰を与える。内容は、君の様なか弱い令嬢は聞かないほうがいい」

「わかりました」

（か弱いって……初めて言われたけど）

旦那様の言葉に、厳しい調べや罪になるだろうと察した私は、忠告通りその先は聞かず、あの時、子どもを助けてくれた人について確認しなければ、と心を落ち着け、重い口を開く。

「あの、旦那様。子どもを助け、暴漢を捕まえてくださった方がいらっしゃるようなのですが……」

「あぁ。スティングレイ商隊の護衛剣士だ」

旦那様の口からたやすく出て来た名前に、やはりという気持ちと共に、そうであってほしくなかったという、絶望に似た重たい衝撃を感じ、膝の上で重ねていた手を握りこむ。

「ご存知なのですか？」

「領内で時折商いをしている、大規模な商隊だ」

旦那様は一息おき、足を組みながら教えてくれた。

「数年前のこの時期に大きな犯罪集団が領内に入った。その時、祭りに出店するため領内に入っていた彼らの協力もあり、祭り前に一掃にできた。以来、南方辺境伯領での商いを許している」

「それで今日のお祭りにも屋台が出ていたのですね？」

「そうだ。商いを許すにあたり、商隊のことは二度ほど調べている。彼らはかなり広範囲にわたり遊牧し、周辺の王侯貴族とも付き合いもあるようだ。黒い噂はなく、珍しいものを持ってくると評判もいい。領内での功労は二度目となる。そのため今回は騎士団から報奨金を出すよう指示してある。それがどうかしたのか？」

旦那様の問いかけに、私は目を伏せた。

自領に入る商隊の事だ。騎士団でしっかりと調べられているだろうからその情報は正しく、それ以上に騎士団とつながりがあると知り、動揺に震える両手をさらに強く握りしめながら、ならばせめて功労者が、あの人ではありませんようにと祈りながら、旦那様の問いに答える。

「いいえ。孤児院の子を助けていただきましたので、騎士団とは別にお礼をと思ったのです」

「なるほどな。辺境伯夫人としてであれば、シノに頼むといいだろう。彼らと商売のことで面識があると聞いている」

「わかりました。教えていただきありがとうございます」

改めて頭を下げて礼を言ったところで、馬車の動きがゆっくりとなりはじめ、重い門扉が開く音が聞こえたため、辺境伯家に到着したと悟る。

「では旦那様。本日はご迷惑をおかけし申し訳ございません。お疲れ様でした」

旦那様と相乗りするときは、本宅で旦那様を下ろしたのち、離れへと移動するため、私はいつも通り早めに挨拶をした。

そして同じく、いつも通りであるならば、旦那様も、うむ、とか、あぁと頷き、先に馬車を降りるはずなのだが。

「ネオン」

「はい？」

馬車が止まり、従者が扉を開け、足置きを用意するのが見えたため、旦那様が降りやすいようにドレスの裾をさばいて頭を下げた私は、急に名を呼ばれ、顔を上げ、驚いた。

（ひ！　顔ちかっ！）

いつもよりも随分間近に、旦那様の顔があり動揺しながらも微笑む。

「どうかなさいましたか？　旦那様。」

なかなか降りない旦那様に戸惑う私に、すっと旦那様の大きな手が伸びた。

「今日は本宅で食事をしてはどうだ？　君に大切な話がある」

「……へ？」

その先に何が待ち構えているか知らない私は、また、気の抜けた声を出した。

（苦し……これだから旧世界の遺物《コルセット》は嫌いなのよ……こっちでは現役だけど。それに、旦那様もそんな顔するなら、一緒に食べなくてもいいのに）

と。

晩餐を食べる前提だと言うのに、親の仇かと思うほどぎゅうぎゅうに締め上げられたコルセットにげんなりし、さらにご機嫌の悪い顔で食事を食べすすめる旦那様にうんざりしながらも、私の前には好きなものが次々と運ばれてくるため、御馳走に罪は無いと、目の前の料理にだけ集中し、美味しく食べ進める。

（どれもおいしい。あ、これは大好きな味だわ）

大勢の使用人《ギャラリー》に囲まれながら旦那様と顔を突き合わせて晩餐という、非常に胸焼けしそうな状況下、しかも新たな問題に先ほどまで悩んでいたはずなのに、運ばれてくるお料理をおいしいおいしいと口に運ぶ自分の神経をちょっと疑う。

（ちょっと前までは旦那様と食事したら何でもかんでも砂の味しかしなかったのに。もしかして私、図太くなったのかしら？）

「料理長より、最終確認をお願いします、との伝言です」

順調に食べ進めた私の目の前に、家令のそんな言葉と共にデザートが並べられた。

(うれしい！　完成したのね)

家令によって運ばれてきたのは残念だが、目の前にはふわふわのシフォンケーキが輝いていて、私は口元をほころばせながら手にしたカトラリーを沈ませた。

(わ、ふわふわ。完璧だわ！)

生クリームが添えてられてないのが非常に残念だが、そちらは鋭意開発中のため、まずはなにもかけず、二口目からは添えられた果実ソースをたっぷりと回しかけて食べ進めていた時だった。

「ネオン」

突然名を呼ばれ、あやうく手に持ったカトラリーを落としそうになるのを、何とか耐えると、声の主である旦那様を見た。

「なにか？」

「……いや……食事は口にあったか」

わざわざ名前を呼んだくせに用件を言い淀む旦那様に、いらいらしながらも、『私は淑女！目の前の人は契約相手！』と何度も心の中で反復し、丁寧に微笑む。

「はい、美味しくいただいております」

「そうか……良かった」

そう言ってわずかに口を開き、再び口を閉ざしてしまった旦那様は、はるか南方から入って来たという、この地ではまだ珍しい珈琲を飲みながら、落ち着かない様子を見せる。

(言いにくいことのようだけど話があって晩餐に呼んだのだから、早くしてくれないかしら。タイミングをはかっているようだけど。これでよく社交界で生きてこられたわね……社交は最低限でいい辺境伯だから何とかなってたのよね)

シフォンケーキを食べつつ様子を伺うも、落ち着かない様子ではあるが話を始める気配はない。

(今日は疲れてるし、考えたいこともあるから、食べ終わったらすぐにでも離れに帰りたいのだけれど、早くしてくれないかしら？　もういっそ私から聞く？　うん、それがいいわ！)

これは名案！　と、デザートを食べ終え、カトラリーを置く。

「旦那様？」

「なんだ」

(なんだ！　じゃないわよ)

強い口調にイラっとしながらも、素知らぬ顔で尋ねる。

「大切な話があるとうかがいましたが、どうかなさいましたか？」

そう言うと、旦那様は明らかに動揺し、体を大きく揺らし、顔をそらす。

(え？　何その反応。もしかしていろいろとやりすぎた事に対してのお小言かしら？　そこまでのことはしてないと思うけど……まぁいいや、面倒くさいし、先に謝っておこう)

よくわからないためそう結論づけ、私は頭を下げる。

「私が旦那様や辺境伯家にご迷惑をおかけしている様でしたら申し訳ございません」

「いや、そうではない。君が謝る必要はない。顔を上げてほしい」

（ん？　ではなにかしら？）

　顔をあげれば、こちらをじっと見ていたらしい旦那様と目が合った。すると一度目を伏せた旦那様は、そばに控えていた家令を呼び寄せ、何かを告げる。

（だから、なに？）

　家令が食堂を出ていき、変な沈黙が食堂を包む中、再び旦那様と目が合った。

　通常であればすぐに目をそらすくせに、今日はなぜかこちらをずっと見ている。

「なにか？」

「いや。……そうだ、菓子は足りたか？　もう一皿食べてはどうだ？」

「よろしいのですか？　では、是非」

　正直、一切れでは足りなかったため頷くと、心得たように侍従が食堂を出、今度は料理長自ら、シフォンケーキと果実ソースの乗った皿を持ってきた。

「出来はいかがでしたでしょうか？　ネオン様」

「とってもおいしいかったわ。ありがとう、料理長」

　目の前の空の皿と、シフォンケーキの乗った皿をきれいな所作で取り換えてくれた料理長と会話をしていると、痛いほどの視線を感じそちらを見る。

　すると旦那様が睨みつけるようにこちらを見ていて、その視線に青ざめた料理長は慌てて頭を下げて出て行ってしまった。

（え⁉　なんでそんなお怖い顔を？　旦那様からもう一皿食べてもいいって言ったくせに、あれはお世辞だったってこと？　ぶぶ漬けでもどうどす《とっとと帰れ》？　的なあれかしら？　ならおかわりは？　って聞かなきゃいいのに）

そう思いながらも、目の前のシフォンケーキには罪はないので美味しくいただく。

（……やだな。旦那様、ずっとこっちを見てる……そんなに見られたらおいしさ半減なのだけど）

居心地の悪さを感じ、すこし手を早め食べ進めていると、シルバートレイを手にした家令が戻って来た。

（何かしら？　食後のお茶？　それにしてはなにも載ってないような……？）

はやく、はやくとデザートを食べ進める私の視界の端で、家令が旦那様に近づき、旦那様はトレイの上の何かを受け取っている。

（仕事の伝令かしら？）

「ネオン」

「はい！　……っ！」

突然名を呼ばれ、慌てて口の中の物を飲み込み、カトラリーを置いて表情を作ろうとして顔をあげた私の目の前にはなぜか旦那様が立っていて、手を差し出していることに気が付いた。

「あの、旦那様、何か？」

（いや、近いし！）

「これを」

（これ？）

旦那様の視線の先、差し出された手のひらを見た私は、蓋の開いた小さな箱の中身を見て固まった。

（なにこれ⁉）

旦那様の大きな手のひらの上に収まる、黒の天鵞絨《ビロード》の張られた箱の中央には、旦那様の髪の毛のような、ゆらりゆらりと色を変える夕焼け色の石の嵌った繊細で美しい装飾の、明らかに曰くありげな指輪が鎮座している。

（嫌な予感しかしない……っ）

「あ、あの旦那様、こちらは一体……？」

身震いしそうになるのを堪え、やや引き気味に尋ねると、旦那様はそれを静かに押し付けて来た。

「母が父と結婚した際、祖母である先々代の辺境伯夫人から受け継いだ指輪だ」

聞いているのはそこじゃないです！　と思いながら、迫ってくるそれから身を引きつつ問いかける。

「そのような大切なもの、なぜここに？」

頭の中を浮かんだ嫌な予感を振り払いながら聞く私の前で、跪いた旦那様が微笑んだ。

「ネオン、私は君を大変好ましく思っている」

（ひぃぃっ！）

身の毛がよだつとはまさにこのことだと、己の身を咄嗟に抱き締める。

そんな私にまったく気付かず、悦に入っている旦那様は、そのまま爆弾発言を投げつけてきた。

「そのため、結婚後に結んだ契約を破棄し、今日、この場から、君と夫婦としてやり直そうと思う」

（ぎゃーーーーーっ！　その発言、アウトーーーーーーッ！）

その言葉に、動揺し思い切り身を引いた私の腕に当たった皿が、大きな音を立ててドレスを汚し、床の上に転がり落ちた。

「奥様！」

「ネオン、大丈夫か？」

慌てて飛んできて侍女たちが私の世話をし、旦那様も気遣ってくれるが、言われた言葉が頭の中でぐわんぐわんと渦巻いて、私は身動きも取れないほど大混乱に陥っていた。

（今、この人なんて言った？　え？　やり直す？　何を？）

「……いや、無理だし……」

つい前世の口調が声から出てしまったが、旦那様には聞こえていなかったようで、私が無事だとわかると、箱から指輪を取り、前後不覚になって身を抱いている私の左手を取るためだろう、指輪を持たぬ手を伸ばしてきた。

「ネオン……」

「ひっ」

私を見つめる黒曜石の瞳に宿る熱に気が付いて、全身が震える。

（そんな眼で見られても気持ち悪いし、寒気しかしません！　見てこの見事な鳥肌！）

こちらがそう思っていることなどまったく理解していない旦那様が、悦に入った表情で私の手をとった瞬間、全身の毛が逆立ち、意識が遠のく。

（待って！　緊急事態発生《エマージェンシー》！　旦那様の状況はなに⁉　脳外で手術当日の深夜、気管内挿管を引っこ抜いてナースステーションの前を全力疾走して、夜勤の先輩を泣かせたおじいちゃん並みの謎の行動力！　はっ！　そうか！　旦那様は今、せん妄！　入院や手術などの急激な環境の変化、病気、薬物の影響により生じる突発的な精神不安と同じ状態！　日常の中に非日常的な出来事があったから、ちょっとご自身で訳がわからなくなっているのよ！　つまり御乱心！　よし、落ち着いて！　落ち着いて対応するのよ、私っ！　淑女！　冷静に！　話し合……）

必死に自分に言い聞かせ、その場をうまくやり過ごそうと遠のきそうな意識を戻すと、そこには私の左手の甲に口づけしようとしている旦那様が見えた。

（ひっ！　無理！）

私の、淑女《ネオン》としての理性が吹き飛んだ。

パァァァァァァァンッ！

「やめてください！　気持ち悪い！」

「え？　……ネオン……？」

「……あ」

気が付けば、目の前に跪いたままの旦那様は左頬を押さえて呆然としており、対して私は、そんな旦那様の情けない顔と、じんじんと痛みを訴えてくる左手に、自分が何をしたかを悟った。

（や……ってしまった……）

どうやら旦那様の意味不明なキスに体が断固拒否を起こし、反射的に逃れた際、私の左手（しかも裏拳）が、旦那様の左頬にクリティカルなヒットをしたようである。

しかも、素直になったお口から、淑女としてはありえない暴言まで吐いたようだ。

家令も、侍女も、メイドも、頬を押さえたままの旦那様だって、固まったまま目を見開き、呆然としている。

ここまで全部無意識の行動で、やり終わってから気が付いたが、凍りついた空気の中では何を

取り繕ってもあとの祭りである。

事の重大さにズキズキと痛む頭を、旦那様をひっぱたいてズキズキ痛む左の手で押さえ、私は淑女、私は淑女……と繰り返したが、ふと気付く。

（いや、もう無理！　みんな、自分勝手な都合を自分勝手に押し付けてきて、何でもかんでも求め続けて！　挙句の果てに、やり直そうと思う？　やり直したいじゃなくてやり直そうと思う⁉︎　なに勝手に自己完結してるのよ！　その言葉のどこに私の気持ちがあるのよ！　さすがの私も、これ以上好き勝手されるのは本当に！　もう無理！）

すでに旦那様に暴言を吐き、手を出してしまったあとだ。もう何にも怖くないし開き直ったほうが早いと、ぎゅっと拳を握り、目の前の旦那様を睨みつけると、大きく深呼吸をしてから問いかけた。

「なぜ、口づけしようとなさるのですか？」

「それは、先ほども言った通り婚姻後に結んだ契約を破棄し、君との関係をやり直そうと決めたからだ」

その、すでに決定事項！　的な言い方に、さらに腹が立つ。

「ありえない……」

「……ネオン？」

「ネオン？　ではありません！　そもそも旦那様はいったい誰に、何をおっしゃっているのです⁉」

「それは、君に、やり直そうと」

手をのばして来た旦那様から、私はさっと一歩下がって逃げる。

「ですから！　貴方は何を言っているのですか⁉　やり直すもなにも、なにひとつ始まっていません！　お忘れですか？　私どもは結婚式当日の夜すら一緒に過ごしていないのですよ？　それどころか翌日には白い結婚の契約したではありませんか。以降、寝室どころか屋敷も別、同じ敷地内にいるだけの関係です！」

私の言葉に旦那様が首を振る。

「それはそうだが、しかし最近は一緒に商会などに行って……」

「それはすべて、騎士団の仕事です！」

ぴしゃりと言い切る私に、旦那様は跪いたまま私の手をなお取ろうとする。

「しかし、共に過ごしてたではないか」

「は？」

その手から逃げながら、私は問う。

「共に過ごす？　旦那様、私と外出した場所を覚えていらっしゃいますか？」

「図書館に、商会、孤児院や教会だ」

自信を持ってそう言い切った旦那様に、私も頷く。

「ええ、そうです。そしてそれはお忍びであろうとなかろうと、すべて『視察』です。第十番隊隊長として団長に従い、辺境伯夫人として辺境伯家当主に従っただけのお仕事です。私は上官であり雇い主である旦那様のお供をしていたにすぎません。家令や、ナハマスのそれと同じです！」

「仕事で共にいただけだと？　あれだけ共にいたのに、か？」

「どれもこれも、執務と視察、仕事です。旦那様と私的な外出など一度もしたことはありません！」

鼻息が荒くなりそうなのを押さえながら、私は跪いたままの旦那様を見下ろして言う。

「私と旦那様は、契約上の夫婦で、ただそれだけです。さらに言うなら私と旦那様は、上司と部下、雇用主と従業員という関係でしかありません」

そう言いきった私に、だが旦那様は聞き捨てならない、耳を疑うような反論をしてきた。

「しかし……いや。では、ネオン。ここから始める、というのはどうだろうか。君は私を慕ってくれているのだろう？　ならば問題は……」

「はぁ？　誰が誰に懸想していると？」

（私が？　旦那様に？　それはどんなせん妄なの⁈　いや、もうそれ妄想！　集団妄想かなにかだわ！）

あまりに気持ちの悪い発想に、つい淑女としてあるまじき低い声が出た。

「旦那様の事は、親の仇ほどは憎くありませんが、好ましく思うなどありえません。誤解なきよう、もう一度申し上げます。私、旦那様に対し上司、又は雇用主としか思っておりません！」

「……っ⁉」

そうはっきり言い切れば、大きく目を見開き、瞳を揺らし、心底傷ついた、みたいな顔をする旦那様。

私の手を取ろうとしていた手が、力なく垂れ下がる。

（は？　なにに落ち込んで、そんな、傷つきましたって顔してるの？　私のほうが初夜を拒否られた上、人前で散々罵詈雑言を浴びせられたって言うのに！　あ、そうか。この人、周りの大人たちに砂糖漬けの乾燥フルーツにさらにジャムとお砂糖、その上から糖蜜をかけたのかってくらい甘やかされた坊ちゃんだった）

はぁ、とため息をつき、私は静かに旦那様の目の前にしゃがみこむと、にっこりと、青い血のくそババ……もとい、現在の戸籍上の母であるテ・トーラ公爵夫人仕込みの、社交界で他者を圧倒するためだけの微笑みを浮かべた。

「そこまでおっしゃるのなら旦那様。お望み通り最初から始めてみましょう？」

「あ、あぁ！」

私の言葉に一筋の光明を見出したのか、嬉しそうに顔をほころばせた旦那様から視線を逸らすことなく、私はさらに微笑む。

「まず確認させていただきますが。婚姻時の契約にて、私と私の家族を何事からも守っていただく代わりに、私は辺境伯夫人としての務めを行い、最低限の社交時に仲睦まじい夫婦として過ごす事、それ以外は私になにも求めるつもりはなく、後継は分家から優秀な養子を貰うと言われましたが、それについて、どうお考えですか？」

「契約を破棄すればいい。結婚したあの日からやり直しを……」

「契約を破棄すればいい、ですか？　そしてあの日からやり直す、と？　二人で納得して結び、魔導司法士様の手で行われた契約を、ご自身の浅はかなお考えだけで覆すおつもりなのですね？」

「私は君に、妻として支えてほしいのだ」

「それは先ほども伺いました。ですが大切なことをお忘れのようですので、ここまでを振り返りながら、よくお聞きください」

「よく、聞く？」

乞いすがるようにこちらを見る旦那様から逃げるように立ち上がり、半歩うしろに下がった私は、淑女の仮面を剥ぎ捨て表情を落とし、目の前で跪つく旦那様を見下ろした。

「モルファ辺境伯様。申し訳ありませんが、私は親兄弟を守るため、テ・トーラ家の娘としてモルファ家に嫁がされました。ゆえに様々な政的・商的な利点以外この結婚に興味はありません。また、お貴族さまの青い血に裏切られ、虐げられ続けられた人生でしたので、そういった血脈の方と褥《しとね》を共にすることはもちろん、愛や恋などといった浮ついたモノをしたいとは毛ほども思いません。したがって私が貴方様を愛することは絶対にありえません」

そう言い切った私に、旦那様は真っ青な顔で私を見上げているが、かわいそうなどと気遣う気持ちも必要も感じない。

なぜならこの言葉は。

「覚えておいでですか？　これは、あの夜、旦那様が私に叩きつけた言葉です」

ふふっと笑った私に、旦那様は顔色を失い、小さくつぶやく。

「ま、まさか……私は、そんなことを君に言ったというのか？」

その言葉に呆れ、笑いが漏れる。

「あら旦那様、もうお忘れですか？　まだ半年前の事ですのに。随分と都合がよろしいこと。この世界に、音声や映像を記録する魔道具がなくてよろしゅうございましたね」

ため息をつき、乱れたドレスの裾を整えた私は、微動だにできずにいる旦那様を見下ろす。

「最初からやり直す、でしたか？　ではこれが私の最大限の譲歩です。どうぞ旦那様、ここからどのようにしたら仲睦まじい夫婦となれるのか、しっかりとお考えください。それから使用人のみなさん」

身を翻し、旦那様から茫然と見ていた家令・侍女長以下、その場にいたすべての使用人の顔をざっと見た私は、低く、静かに告げる。

「様々な形で私と旦那様の仲を取り持とうと画策しているようですが、現時点で、貴方たちが私に強いて来た『仲睦まじい夫婦』になるつもりは一切ありません。まして私から関係改善するために努力し、寄り添うなど絶対にありえません。これは旦那様が私に下した命令で、それに応じて結ばれた契約です。ですからこれ以上、私に対する意見、過干渉は不要です。今後私の暮らす離れには執務の事以外一切近寄らないでください。それから、現在の離れ担当者を私に無断で変更することを禁じます。これは法的に正しくモルファ辺境伯夫人である私からの命令です！」

強い口調で言い切ると、いまだ目の前で固まっている旦那様以下、そこにいる全員を放置し、ドレスを翻して食堂の扉の前に移動した。

「それでは皆様、失礼いたします。良い夜を」

にっこりと微笑み、本日二回目の完璧なカーテシーを披露し食堂を出た私は、廊下に出てげんなりした。

そこには、この辺境伯家の使用人全員が集合したのではないかと思われるだけの人が集まり、すがるような目で私をみているのだ。

（本当、うんざりだわ）

「貴方たちはここで一体何をしているの？　職務に戻りなさい！」

冷たく一喝すると、蜘蛛の子を散らすように誰もいなくなった廊下で、ただ一人残った離れの侍女をつれ、玄関に向う。

（う～ん、さすがにちょっとやりすぎたかしら？）

と、ほんの少しだけ反省し、それ以上に、さらに山積みになった問題に溺れそうになりながら。

私は、私が今、唯一心安らかに過ごすことの出来る場所へと帰ったのである。

# 終章　惨劇と問題の元凶は、彼女の怒りを理解できない

（なぜ拒絶されたのだ）

ネオンが出て行った扉を見つめ、ラスボラは呆然としていた。

美しく礼を取り、振り返りもせず立ち去る彼女を引き留めようと立ち上がり、左手をのばし。届く前に締まった扉に絶望した。

なぜだと、両の手を握った時、ちくりと感じた痛みに右の手を広げてみれば、そこにはネオンに渡すはずだった、母の形見の指輪があった。

「彼女は……」

それを見て、ラスボラは喉元に引っかかっていた言葉を吐き出す。

「ネオンは、私の事が好きではなかったのか……？」

強く拒否されるまで、ラスボラは彼女が自分を好きだと思っていた。

『ネオンはラスボラに好意的感情を持っている。だからこそ、身を粉にし、辺境伯家と騎士団を支えているのだ』と、自分の周りにいる者たちに言われ、それを信じていたのだ。

もちろん。ラスボラもネオンの事を本当に好ましく思いはじめていたから、彼女のその慎ましくも控えめな献身に応えたかった。

なのに。

「そうではなかったと……？　それどころか、彼女は……私を……」

夕焼け色に揺らめく宝石を見つめる。

思い出されるのは、結婚してから今日までの記憶。


『我が国を盤石にするために』

国王陛下の一言で決まった、政《まつりごと》の三権を担う三公爵家と国防を担う三辺境伯家との政略結婚は、賢王として貴族や国民の信頼も厚かった先王の息子である現国王陛下の年若さゆえの焦りから決定した政策だった。

王家の血を引き、ときに特別な色合いの髪と瞳、そして膨大な魔力を孕む『宝石』を産みだす『三公爵家』を使い、辺境伯家の離反を防ぐこの政略。

辞すれば『要請』は『王命』に変わり、固辞し続ければ『戦火』によって惨劇を呼ぶそれを、手を取り合い、反旗を翻せば、王の首を掴めるほどの軍力を持つ三辺境伯家は、しかし誰（王）よりも領地領民を愛するが故に受け入れた。

しかし華やかな宮廷貴族の筆頭である公爵家の子が、魔獣や隣国の襲撃に備え戦う辺境に来ても足手まといだと考えた三辺境伯家は、生まれた子を嫡子とする前提で、王都へ人質《こども》を差し出すことにした。

しかし南方辺境伯モルファ家には、婚姻適齢期の未婚者が当主である南方辺境伯騎士団団長ラスボラだけであった。そのため王家に対し、当家は人質――嫁婿に出せる者がいないため、嫁もしくは養子として辺境に来てくれる者がいなければ、この話はお受けできないと陳謝した。

正直、公爵家が辺境に子を差し出すとは思えず、これで政略結婚という面倒ごとに巻き込まれずにすんだと安堵したのが本心だった。

彼は自分のせいで儚くなった母と兄、そして慕っていた今は亡き軍医への罪悪感と、自分と深く関われば、みな死んでしまうのではないかという恐怖から、婚姻し家族を作る事を『守るべき家族というなど騎士にとってはただの足枷』という暴論に無意識にすり替え、忌避し、今回も断れると確信していた。

しかし、残る司法の長テ・トーラ公爵が喜んで娘を辺境へ嫁に出そうと言った事で思惑は外れ、妻を娶ることになったラスボラは、暗澹《あんたん》たる気持ちになった。

しかし決まったものは仕方がない。長く仕える家令にその事実を伝えると、彼は今まで妻を娶ろうとしなかった主人の婚姻に心から歓喜し、前辺境伯夫人が逝去後、長らく不在だった女主人の誕生にむけ、屋敷や庭園の改修や侍女の育成を始め、足枷《はなよめ》に興味がないラスボラの元に、様々な許可を得にくるようになった。

心中に様々な思いを抱くラスボラにはそれがあまりにも煩わしく、最終的にはすべて家令に一任すると関わる事を避けた。

（なぜ、こんなことに）

執務室でその苛立ちを拳に乗せ机を叩きつけると、床に散らばった書類と共に、それまで一度も開いたことのなかった花嫁の絵姿を見つけた。

（……この女も、私と同じ被害者か）

王都では家族や友人、大勢の使用人たちに囲まれ、花よ、蝶よと大切に守られ育てられてきたであろうテ・トーラ公爵家の手中の珠である『宝石』は、築き上げた関係性や安全で華やかな王都の生活の捨て、辺境に送り出されてくる。

（国の礎として人身御供に出される哀れな娘か。仕方ない、金を渡し、家の中で大人しくしていろと伝え、関わらないようにするしかない）

そのように考えたラスボラは、公女を娶る事を屋敷の人間以外の誰にも話さなかったが、事の子細を知った血筋の叔父・従兄弟から結婚式などの件をしつこく聞かれ、仕方なく己が考えを話した。

すると彼らは口を揃えて『両家の繋がりと忠義を形にするために嫁ぎ来る令嬢だ。嫡子を成すことが勤めと教育されている。せめて子を宿すまで慈悲をと縋られるだろう。そしてそれを与えるのがお前の務めだ』と諭された。

それが大変煩わしく、ラスボラはそれらすべてを無視し続けた。またこの頃、都合よく領内で小規模の魔物の強襲が発生したため、その対応を彼らに押し付けることで、なんとか有耶無耶《うやむや》にできた。

しかしこれ以降、やってくる厄介事と周囲の人間の対処をどうすべきか思案する羽目になり、良い考えはまとまらぬまま、気が付けば結婚式当日となった。

魔物の発生が相次いだため、王宮へは最低限しか滞在できず、結婚式は辺境で、最小限の規模でと申し出て、了承を得ると、これ幸いと、王宮内大聖堂で王と司祭、一部の高位貴族に監視されながら婚姻儀式を行ったのち、公爵とその嫡男、花嫁を伴って辺境へ移動し、南方辺境伯領主要都市《リ・アクアウム》の教会で儀礼的で簡素的な式を行った。

分厚いベールに身を隠した花嫁は、結婚式を終えると家族であるはずの公爵と言葉どころか顔すら合わすことなく南方辺境伯家の邸宅に入り、すこし遅れて屋敷に戻ったラスボラは、出迎えた家令や身支度のために集った侍女を振り切り、足早に憐れな花嫁が待つ寝室へ向かった。

これからの処遇について、説明するためだ。

順序だてて説明し納得すればよし。泣き縋られた時は丁寧に謝り、誰かにあとを任せ、自分は部屋を辞すればいい。そう決意し、ドアノブに手をかけた。

「失礼する」

そう声をかけ寝室に入った彼は一瞬、息を飲んだ。

大きな窓から月明かりが差し込むだけの寝室のベッドの上。

己が身を守る鎧のような分厚いベールと花嫁衣裳を脱ぎ去り、扇情的な薄い夜着を身につけた、テ・トーラ公爵家の『宝石』特有の、虹を放つ髪によって、闇夜に浮かび上がる美しい少女に目を奪われたのだ。

立ち尽くしたラスボラは、彼女に声を掛けられ気を取り直すと、動揺を気取られぬよう気をつけながら寝台へ足を進め、見下ろし、口を開いた。

「君とは白い結婚とする」

見開かれたアメジストの瞳に、幼い頃に亡き母や兄と共に見上げた綺羅星を重ね恋しく思いながら、それでも用意していた非道の言葉をつきつけた。

ひどく繊細で華奢な彼女の自尊心を叩き壊す暴言に『辞めろ、傷つけるな』と身の内から聞こえる己の声に戸惑いながらもすべてを言い終わると、嘆きすがると思っていた彼女は美しく微笑み、全てを受け入れたうえでラスボラを残し部屋を出て行った。

そのあまりに淡々とした行動に、待て、と心が叫び、腕が伸びたが、その手が届く前に、彼女は扉の向こうに消えた。

残されたラスボラは、突き放すつもりだった彼女を咄嗟に引き留めようとした自分の行動と、身の内から聞こえる声に戸惑いながら朝を迎える事となった。

翌日には、互いの同意の上で白い婚姻の契約は完了し、彼女はあっさり隣接する離れの邸宅へ移り住んだのだが、その間中、吐き出す言葉、思考とは相反する声が、自分を責め続けた。

（いったい、私はどうしたのだ）

その声の正体がなにかを理解できず、もやもやした気持ちを晴らすように壁を殴りつけたラスボラは、乱暴に隊服を纏うと、愛馬の手綱を握り騎士団本部へと向かい、執務に明け暮れた。

それから三月《みつき》の間。騎士団からの帰宅後に家令から聞かされる一日の報告の中に彼女の事が付け加えられただけで、ラスボラは結婚前と変わらない生活を送った。

彼女は一切こちらに関わる事をせず、離れの屋敷で大人しく暮らしていた。

時折、廊下の窓から見える離れの庭で、侍女と散歩し、庭師と花壇にいるのを目にした。日の光の下で見るネオンは、あの日より随分と幼く、使用人と笑い合う姿に、理由のわからぬ胸の痛みを感じ、次第に避けるようになった。

そんな中、三度目の邂逅は訪れた。

それまで大人しくしていた彼女が、救護院に放り込まれた負傷兵を助けだし、『看護』を始めたと騒ぎになったのだ。

（無駄なことを！）

彼女の暴挙を止めるため、兵舎へ飛び込んだラスボラに対峙した彼女は、魔道具の明かりで赤味のかかった紫水晶の瞳を怒りに染めながら、にこやかに微笑み、凛と前を見据えてきた。

その姿と他者をかばう姿に酷く狼狽したラスボラは、考えうる罵詈雑言を彼女に浴びせたが、彼女は泣き帰るどころか、ラスボラを言い負かし、その上で『彼らを自分に預けろ』と強く訴えた。

（何と愚かなことを！　心？　負傷兵を手当てし寄り添う⁉　そんなものはただの偽善だ！　彼女は何もわかってはいないのだ！　その心が、悲劇を引き起こすことを！）

辺境伯騎士団の医療班が形ばかりになったのは五年前。

魔物から多くの騎士と弟を守り抜いた兄の遺体を見分し、その兄の死に耐えられず心を壊した母を看取り、家族を殺した罪の重さに苦しんでいたラスボラに寄り添い支え続けた、医者の鑑のような男がいた。

彼は職務に忠実で、常に最善を尽くした。騎士の回復を心から喜び、治療の甲斐なく亡くなる者のために神に祈りを繰り返す男だった。

そんな彼を死に追いやったのは、皮肉にも彼に命を助けられた騎士たちだった。

命は助かったものの、不自由になった体に絶望し自ら命を絶つ者、酒におぼれ自暴自棄になる者、破落戸《ごろつき》になり下がった者……本人とその家族から理不尽に「何故助けたのか」と罵られ、時には暴力を受け続けたことで、彼の心は壊れ、彼は人を助け続けたその手で、己の命を絶ってしまったのだ。

彼の訃報と、その経緯を聞いたラスボラは己を責めた。

なぜもっと早く、もう辞めていいのだと言ってやらなかったのか、と。

そして、己が判断を誤るばかりに、強かった者が弱くなり、人を責めるひどいモノになりさがり、死ななくてもいい、優しい人間が死んでいくのだと。

（こんな思いをするのは、もう御免だ）

男の墓標の前で懺悔したラスボラは、死に逝く者はそのまま死なせてやり、残された家族に金を与え、生き残ったものには生きていける程度の慰労金を与えて放逐するのが最善の策であると考え、その足で本部に帰ると即時に医療隊を解散し、騎士団に医師を置くのをやめた。

しかしラスボラの前に立ったネオンは、真正面からそれに反論した。

戦場を駆けるラスボラがひるむほどの強烈な姿はまさに、司法の天秤を掲げる正義の女神のようで、最終的にはラスボラが、自分の弱さや醜さを暴かれるのを本能的に恐れる形で、文字通りその場から逃げ出すことになった。

（彼女は危険だ！）

鮮烈な彼女の姿は、さらにラスボラの脳裏から消えることなく残った。

それがとにかく目障りに感じ、苛立ちながらも彼女が逃げ出すのを待つだけになったラスボラの思惑をよそに、医療院を立ち上げたネオンは、どんどんその地位を騎士団内で確立した。

団長室に持ち込まれる話では、献身的な『看護』を『患者』へ行い、彼女は半数以上の十九人を騎士として復帰させるという成果を上げ、辺境伯騎士団十番隊隊長となって十日目には、十番隊隊員はもちろん、家令以下使用人、神父、第三番隊隊長やその配下から絶大な信頼を勝ち得てしまった。さらに辺境伯騎士団一気難しいと評される第九番隊隊長シノ・ドンティスまでもがすっかり彼女を心酔し、『第九番隊は第十番隊の救護活動及び辺境伯夫人の慈善事業を全面的に支持する』と公言したのだ。

（彼女は何者なのだ⁉）

ラスボラは思い悩む。

『公爵家の宝石』と言われる外見も一役買っているのだろうが、それ以上にいったい彼女の何が、人を引き付けるのか。

ネオンの一挙手一投足すべてから目が離せなくなったある日、家令と他隊長の進言で、街へ視察に行く彼女に同行した。

私的な視察をみなで画策し、ラスボラが同行する形に変えたことで、彼女自身かなり驚いていたが、大人しくラスボラのエスコートを受け入れた。

派手な外見は目立つだろうと、母の形見である魔道具を貸すと、彼女は困った顔をしたが、素直にそれを装着し、馬車の窓に映る自分の姿を面白そうに観察していた。

その様子は、離れの庭で見た愛らしい姿そのもので、強い彼女としか話したことのなかったラスボラは酷く戸惑った。

そんな彼女と視察で歩いたのは、ラスボラが最も歩きなれた領都リ・アクアウム。

幼いころから何一つ変わらない、古めかしくつまらない街並みを見たネオンは、幼子の様に瞳を輝かせて喜び、同行した執事の説明に釘付けになっていた。

そんな様子に、心もとなさと気持ち悪さ、苛立ちを覚えながら見ていたラスボラは、ネオンが執事に『ゆっくり歩いてほしい』とねだった姿を見て、苛立ちを口に出してしまった。しまったと後悔したラスボラだったが、ネオンが自分の執務を邪魔しないよう気遣ったのだと話した瞬間、それまで溜まっていた気持ち悪さが嘘のように消えてなくなり、何か暖かく心地の良いものが宿ったのを感じた。

それからは、夢見心地だった。

歩くのが遅いのではなく、お互いが違うのだと言われた時には、今まで自分が感じたものがすべてだと決めつけ、それを押し付けていたのだとわかり、思いあがっていたのは自分のほうだと反省した。

そんな矮小な自分に対し、常に微笑みを浮かべ受け入れてくれるネオンに、不思議な安心感と心地よさを覚え、今まで暗く窮屈だった世界が開けた気がした。

(君の目を通して見れば、すべてが光り輝いて見える)

その日から、何かが変わった気がした。

共にあれば、心の安らぎを感じ、別れれば、全てがひどく寒く感じる。

ラスボラはそれを心地良く感じ、同時に母や兄がいた頃のように幸せだと思うようになった。するといつも苛ついていた心は凪ぎ、肩から力を抜け、楽に呼吸することが出来た。

そんなわずかな変化に気づいた最も気安い幼馴染みである隊長たちが、彼の心に起こった不可思議な現象について教えてくれた。

曰く。お前は、ネオンに『恋』をしているのだ、と。

そう言われたラスボラは、恋《それ》を愚かしい一過性の熱病だと、理解も納得もできずにいたが、『ネオン』に出会ってから今日までの、様々な心の変化を一言で言い表す的確な言葉は『恋』だけだと言われれば、納得するしかなかった。

(そうか。私は彼女に恋をしていたのか)

自覚してしまえば、それは何とも甘やかで幸せな感覚だった。

周囲の世話焼きたちの協力もあり、彼女と過ごす時間は格段に増えた。

何度も街へ視察に行き、エスコートすることで、彼女の見る物、感じる物に触れ、共に食事をとれば少なかった会話も少しずつ増え、彼女の事が少しずつ理解できるようになった。

ネオンはいつも、ラスボラの隣で穏やかに微笑んでくれた。

幼い頃に家族を失ってから、長く一人であり続けたラスボラは、隣に誰かがいる暖かさと安心感、そしてわずかな苦しさを『幸せ』だと噛みしめるようになり、彼女を長くそばに置きたいと思うようになっていた。


「祭りが終わったら、彼女に契約破棄を申し出ようと思う」

女神の花祭りを四日後に控えた夜。

執務室で書類を片付けながらそう言ったラスボラに、家令は破顔し頷いた。

「はい、はい！　大賛成でございます！　奥様は大変によくできたお方でございます。旦那様のためにも、辺境伯家、騎士団のためにもそれがようございます。奥様もきっと、旦那様からそう言われるのをお待ちのはずです！」

「……そうか」

そんな家令の様子に、自分の決断は間違っていないとわかり安堵したラスボラは、執務机の一番上。鍵のかかった引き出しに大切に保管していた、母の形見の指輪が収まった小さな宝飾箱を手にした。

これを受け取ったネオンが、花が咲くように顔をほころばせ、自分の手を取り、寄り添ってくれる姿を思い描き、その愛おしさと多幸感に、自然と自分も笑みを浮かべた。


――だが。


「……だ、旦那様……」

ラスボラのそばに駆け寄った家令は、周りに指示を出しながら主人を気遣う。

「大丈夫でございますか？　誰か、何か冷やすものを」

「いや、いい。僅かに手が当たっただけだ、痛いわけではない……部屋に戻る」

自分を案じ集まった使用人を振り切り、食堂を出たラスボラはそのまま執務室に飛び込んだ。

崩れるように椅子に腰を下ろし、手に握っていた指輪を見る。

母の、そして代々の辺境伯夫人たちの気持ちの詰まった大切な指輪は、ラスボラの心を模すように、ぐにゃりといびつにねじれてしまった。

その歪みから目をそらすように指輪を握りこむと、その拳ごと、吐き出した声と共に机にたたきつけた。

「なぜだ！」

婚姻後の契約に縛られながら、それでも健気に辺境伯騎士団と辺境伯家を支えてくれた慎ましくも強く美しい彼女の秘めた気持ちを汲み取り、受け取り、契約を破棄して、共に辺境伯家を盛り立てていくつもりだった。

そうなるものだとあの時まで確信していた。

なのに、彼女は私を強く拒んだ。

傷病人が打ち捨てられた惨劇の場でも毅然と背を伸ばし、笑顔を浮かべ、弱者に寄り添っていた彼女が、まるで魔物でも見るような目でラスボラを見、求愛を拒絶した。

ラスボラのことなど書類上の夫、辺境伯騎士団の上官としか見ておらず、あれほど騎士団と領民に心を砕いているのも、ラスボラへの恋情からではなく、ただ役目だからと言い切り、やり直したいのならば、己を改めよと言ったのだ。

「どういうことだ……私は、いったいどこから、なにを間違っていたというのだ」

他者を踏みにじった上に成り立つ、自分たちにだけに都合のよい理想郷などはじめから存在しないという現実に、ラスボラも、彼を守ることだけを優先する者も気が付かない。
答えの返ってこない問いは、闇夜に溶けて消えていった。

Fin

# モルファ辺境伯家　女主人付き侍女

## アルジの日記より抜粋２

鈴蘭《すずらん》月　二十九日

今日はとても残念な一日だった。夜勤で領都視察のお話を伺っていた時、「一度でいいからお友達と屋台や可愛いお店に立ち寄ったりしてみたかったの」と言われ、それならばとお忍びで町歩きに行くことになった。なのに、ネオン様と旦那様との関係の修復が優先だと言われ、留守番になったのだ！　お戻りになられてから、事情を説明し謝罪すると、今度は一緒に行きましょうね、とお許しいただけた。けれど、次は絶対にご一緒して、ネオン様の可愛らしい夢をかなえて差し上げるぞ！

紫陽花《あじさい》月　一日

ネオン様を怒らせてしまった。ご夫婦の問題は伺っていたのに、ネオン様のおそばに居られることが当たり前になっていて、気安くしていただけるのが嬉しくて、ずうずうしくも調子に乗ってしまったのだ。許してはいただけたけれど、もう騎士団の医療院には来なくていいと言われた。解雇されたのではない。侍女としてそばにと言われた。でも、でも私は、医療院で生き生きと働くネオン様も大好きで、心から尊敬していて、おそばで医療院の仕事もしたい……自分の愚かさが招いた結果だ。悔しい、悔しい！

鈴蘭《すずらん》月　二日

今日はとても大変で、忙しくて、けれどとても充実した一日だった！

一晩中、寝ずに悩んで、考えて。私は、侍女としてではなく、看護班員としてネオン様のおそばで働きたいとわかった。だから侍女長にお願いし、侍女を辞め、紹介状をいただいて騎士団に入隊させていただいた。ネオン様はとても驚いていたけれど、ありがとうと言ってくださった。

ラミノーさんやエンゼさんはこれからもよろしくと喜んでくれ、ガラさんは誰にも相談せず勝手に決めたことを叱られ、あと、ちゃんと兄さんに手紙で知らせるようにと言われた。その時はじめて、兄さんのことを思い出した。

お屋敷に雇っていただいた時、侍女に昇格した時、いっぱい褒めて、喜んでくれていたのに。自分のことでいっぱいいっぱいですっかり忘れてた。手紙には、勝手に決めたことを謝り、でも絶対に後悔はしないということ、それから、兄さんが入隊した時、格好よくて私もと駄々をこねて困らせたあの騎士団の隊服は、思ったより着心地悪くて、けど、じいちゃん、父さん、兄さんと同じだと思うと、とても誇らしくて嬉しかったと書こうと思う。よし！　明日からもネオン様のおそばで頑張るぞ！

鈴蘭《すずらん》月　七日

このところ、ネオン様の周りはあわただしい。お祭りに、医療院にと大忙しのご様子で、寝る時間も減って心配だと元侍女仲間から聞いた。そこで、看護班の皆で話し合って、ネオン様がいらっしゃらないとできない事柄の時以外は、ネオン様には執務室で休息をとっていただけるようにした。離れの方は、元々ネオン様のご希望で侍従、侍女、ハウスメイド二人、それから庭師しか出入りを許されていないから、彼らにしっかりネオン様が無理をしないようお願いし、料理長にもネオン様のお食事は普段よりも気をつけてほしいと頼んでおいた。本当は、私がお屋敷のお手伝いも、医療院のお手伝いも出来たらいいのだけど、ネオン様にそれは駄目だと言われてしまったからな、残念。

紫陽花《あじさい》月　十日

ネオン様がお医者様を連れてこられた。辺境伯家侍医マイシン先生の師匠とのことだが、ブルー隊長と同じ年くらいに見えて、とても胡散臭い。「魔術でちょっとね」って笑っていたけど、あんな胡散臭い人間がネオン様のおそばにいるなんて！　そもそもネオン様に気安く接しすぎだし、言葉遣いも良くない！　皆に気にしすぎだと言われたけれど、警戒するのは当たり前なのに！看護班の男どもは当てにならない！　ネオン様は私が守る！

紫陽花月《あじさいづき》　十七日

クルス先生が赴任して一週間。思ったよりずっと真面目で拍子抜けした。外見は怪しくてしょうがないけれど、仕事は丁寧で患者に優しく（私たちには厳しい）、ネオン様も信頼しているみたい。それから、「君はよく物事を見ているね」って急に褒められた。……悔しいけれど、仕事を褒めてもらえるのはうれしかった。悪い先生……じゃないのかもしれない。まだ、完全には信じてないけど！

紫陽花月《あじさいづき》　二十五日

もうすぐ花祭り。領都はすでに飾り付けが始まり、噴水公園では場所取りしている人もいるとか。なんでも医療院や学舎の噂が広まっていて、女神のような辺境伯夫人を一目見ようと集まっているらしい。お慕いするネオン様がそう言われるのは本当に嬉しい！　実際、女神のような方だもの！

それにしても。久しぶりに離れに伺ったら何か違和感？　リシアは気のせいって言うし、専従執事のデルモさんも「過労ですか？　嫉妬ですか？　お大事に」って言われたけど。気のせいかなあ？

紫陽花月《あじさいづき》　三十日

明日は女神の花祭り！　さっきネオン様の明日の装いを拝見したけれど、隊服をアレンジした凛とした感じで、とっても素敵で！　明日だけは、侍女としておそばにいてお手伝いしたかったなぁ！

そうそう。明日は花祭りだからと、辺境伯家から特別御手当を頂いた。この御手当は毎年のことなのだけど、お屋敷を辞めた私がいただいてよかったのかな？　嬉しいけど。

騎士団の仕事の合間に、ネオン様に食べていただく肉串とお菓子、それから、皆の墓を飾る花を買おう。明日も頑張るぞ！

## 〔あとがき〕

『目の前の惨劇で……2』をお買い上げいただき、ありがとうございます。猫石です。

この作品は、と創作話を始めると『聞きたくもない苦労話』になりそうなので名づけ話を少々♪

このお話、実は水族館で人気の『熱帯魚コーナー』が舞台。なので登場人物もそれに由来します。

例えばとある金褐色の魚。この子は可愛い見た目とは裏腹に、小さい頃は水槽の掃除屋として優秀ですが、大きくなると掃除を放棄し、美味しいものを食べる、なかなかの暴れん坊と知り、なるほどなるほどと考えた結果、女性の花形職業である辺境伯夫人侍女から騎士団医療隊員と華麗な転身を遂げたネオン過激派（笑）『アルジ・イーター』が誕生しました。と、姿や性格を考慮して考えていますので、調べ、考察していただけると側面や伏線など新しい発見があるかも？です（笑）。

最後に。混沌極める頭の中の世界を本にするためご尽力くださった担当の皆様。その世界の由来の通り美しい色形を与えてくださった茲助先生。言葉では伝わりにくい看護医療の世界を見事に再現してくださったまぶた単先生、私を支えてくれた友人、同僚、家族に愛猫二匹。そして、星の数ある作品の中からネオン達を見つけ、手に取ってくださった皆様へ。心から感謝を申し上げます。

二〇二五年　香雪蘭《コウセツラン》月　吉日　猫石

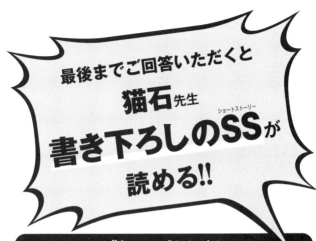

［ブシロードノベル］
目の前の惨劇で前世を思い出したけど、
あまりにも問題山積みでいっぱいいっぱいです。　2

2025年2月7日　初版発行

著　者　猫石
イラスト　茲助
発行者　新福恭平
発行所　株式会社ブシロードワークス
〒164-0011　東京都中野区中央1-38-1 住友中野坂上ビル6階
https://bushiroad-works.com/contact/
（ブシロードワークスお問い合わせ）
発売元　株式会社KADOKAWA
〒102-8177　東京都千代田区富士見2-13-3
TEL：0570-002-008（ナビダイヤル）
印　刷　TOPPANクロレ株式会社
装　幀　AFTERGLOW
初　出　本書は「小説家になろう」に掲載された
『目の前の惨劇で前世を思い出したけど、あまりにも問題山積みでいっぱいいっぱいです。』
を元に、改稿・改題したものです。
担当編集　飯島周良
編集協力　丹羽凪（シュガーフォックス）


Printed in Japan
ISBN 978-4-04-899756-0 C0093